ハッピーエンド

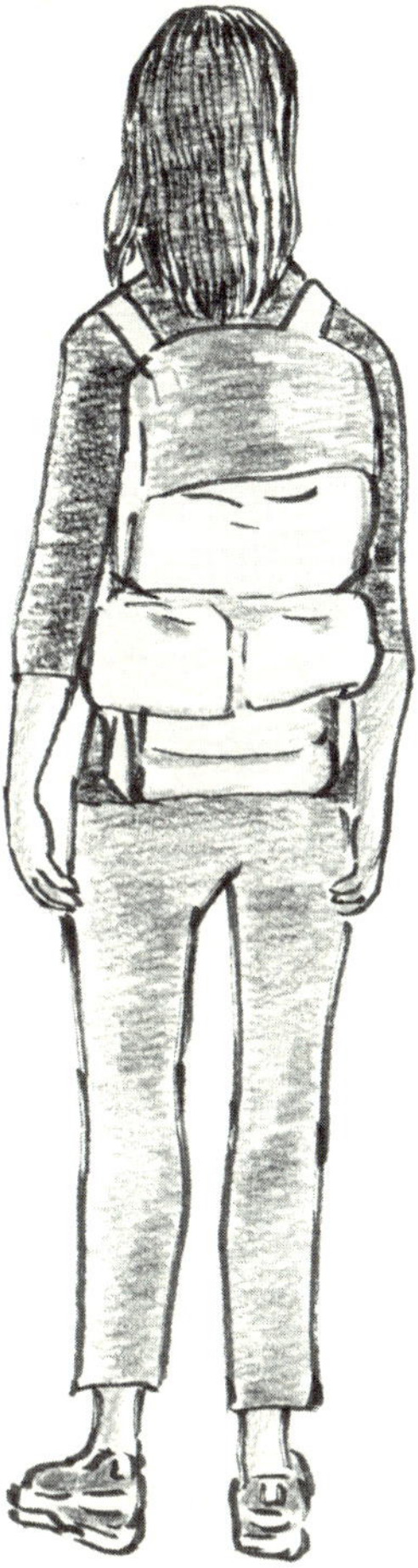

亀山けいこ
Keiko Kameyama

文芸社

ハッピーエンド

†

目　次

1

母と車

†

この前の日曜日、実家へ帰ってみたら、父と兄が車の買い換えについて相談していた。

実家の車といえば、おんぼろのマーチが一台。運転できるのは兄と私だ。兄が運転免許証を取って初めてこのマーチが我が家で購入された車であって、私も兄も車のない家の子として育ったのだった。そういう家は、この東京都といっても起伏の激しい、雑木林や茶畑だらけのH市S町では、たいへん珍しいのだった。そして我がマーチは、購入されたときからすでに中古だった。しかし、初めての車のマーチは、我が家族に愛され、マー吉なる愛称をもって呼ばれていた。(なに、私が名付けてやったのだが)

愛されていたにしては手入れもろくろくされず、マー吉は、ボディには兄の乱暴な運転のせいで擦り傷が目立ち、屋根にはこれまた珍しくも緑色を帯びたこけが生えているのだった。

マー吉の車検が来月に迫っており、何度もの修理を重ねてきたマー吉を、さらに修理をすることによって生き延びさせるのか、それとも、新たに車を購入するのかが、男二人の話題だった。実家には金がないらしく、男二人の話は不景気だった。もう一度安価な中古車を探そうというのが父の考えで、兄は、それなりのステータスの車が買えないならば、マー吉に乗り続けた方がましではないかというのだった。

実家に金がないのは、兄とその妹である私の二人に原因があるだろう。二人とも、実家を出て大学生活を送ったために、両親は、私たちの仕送りに四苦八苦であった。三歳違いの二人の兄妹であるが、兄は二浪と留年一年を加算して、ストレートで入学した私と同時に卒業した。卒業したのはついこの間の春で、兄はサラリーマンになりたて、私はまだ身の振り方も決まらず、アパート代を仕送りしてもらっているフリーカメラマンなのだ。(自称フリーカメラマンだが、フリーターといわれる場合が多い)

私が我が家のことを「実家」というと、母は「何が実家よ。あんた所帯でも持ったの?」と言う。別に所帯を持たなくとも、家を出てる子は、自分の親のうちを「実家」と呼ぶ。これは、私たちの常識だ。

兄の大学は、仕送りを受けてアパート暮らしをするのが当然なくらい家から遠かった。しかし私の大学は、多少遠いが家から通学してもおかしくないぐらいの遠さではなかったろうか。しかし私は強引に家を出て、仕送りをしてもらった。それには深いわけがあったのだが、説明する時が来たらすることにしたい。

兄も私も学生時代に、運転免許を取った。そして、兄か私が家にいるときだけマー吉は走ることができたのである。

ではうちの両親はなぜ車の免許を取得せず、長年不便な生活をしてきたのだろうか。私たちが小さい頃父は、車は人間の敵だと言っていた。車は人を殺すこともできる。人が自由に行動できる空間をせばめてきた。排気ガスは大気を汚染する。云々。かといって車に乗らなかったわけではなく、年中飲み過ぎて最終電車に間に合わず、タクシーで帰還していた。さて、父が車の免許を取らなかった最大の理由は、父が中学生の時事故で左目を失明していたからだと思う。しかし、マイカーを持ってみると、父にとってこんなに便利なものはなく、私たちが帰れば必ず運転させて、買い物に行ったり、家族で一泊旅行をしたりしてきた。

では母は？　なぜ母も運転免許を取らなかったのだろうか。父は、長年、自分の考えは我が家の考えだという偏狭《へんきょう》な考え方にとらわれていた。母が免許を取りたいというと父は言った。

「人を殺したらどうするんだ」

「おまえは運動神経が鈍いからあぶないよ」

「だいたい車というものがどんなに人間生活を悪くしてきたかわかってるのか」

母は父の意見にどれひとつ反論できなかった。母は、原則論に弱かった。それに自分は運動神経が鈍いと子供の頃からずっと思い続けてきたので、それを言われるとたちまち自信を失った。今思うと、父は自分の持てないものを母が持つことに嫉妬しただけのことかもしれない。

父と兄は、マー吉のこれからについて、母の意見を聞こうとはしていなかった。母は今では車にほとんど興味がなく、車に乗って買い物に行くのも父ほど喜んではいなかった。そして、うち中でいちばんお金がない私の意見もあんまり重視してもらえそうにもなかった。私は新車がほしいなと思った。でもまあいいか、どうせ私は実家に帰ってきたときしか乗れないんだし。

私と兄と母とで、晩ご飯のための買い出しに近くのスーパーまでマー吉で、くり出した。兄と母は、蟹《かに》とかサザエとかの好物の魚介類をたっぷり、私は母の作る煮物などが好物なのでその材料、ついでに一人暮らしのアパートに持って帰るためのスパゲッティやらびんづめやらもじゃんじゃんスーパーのかごに放り込んだ。父は、刺身さえあれば満足なので、父の分の刺身をひとパック。マー吉は老骨をものともせずに盛大な食材を積んで走ってきた。夜、家族四人がそろうと四人とも飲んべえの我が家は、飲みまくり食べまくった。

遅ればせながら、父、野路三郎は五十五歳。母、新子五十一歳。兄、丈之助二十六歳。私、野路未夢は二十二歳であった。それが一九九九年七月のこと。

†

それからひと月ばかりが過ぎた頃、父が私の携帯電話にかけてきた。（携帯の番号を父に教えてからというもの、やたらにかかってくるのが煩わしくてたまらない）

「未夢ちゃん元気い？　あのね、お父さんだけどさ」

なんだか最近機嫌のいいときの父のしゃべり方はおかま言葉が入っている気がする。

母が新車を買う金を出すというから新車を買うことに決まったという。ついては、どの車がいいか考えておくように。

驚いた。マー吉は薄汚くて、買い物に行くのもガソリンスタンドに行くのも、母さん恥ずかしそうだったからな。やっぱり新車がほしかったんだ。

母は公立小学校の教員で、食いっぱぐれのない職業だ。父は建築設計士だが、今時の不況で、収入はがた落ちらしい。してみると、父の方は相変わらず火の車生活らしいが、兄への仕送りも終わり、私への仕送りも半減しているので、母の懐《ふところ》は少しばかり余裕ができたのだろう。（この夫婦の財布は別々らしいのだ）

母がそのころすでに、職場の慰安旅行の場で、「私この学校三月で転勤だから、三月までに運転免許を取る。みんなで応援してくれる？」と宣言していたことなど、家族は誰も知らなかった。母の若い後輩たちは、母が酔った勢いで言っているのかどうか判然とはしなかったものの、「応援する、する」と熱く請け合ったのだった。母が、今の学校に勤務しているうちに免許を取ると言ったのは、学校から徒歩で十分ほどのところに、N自動車学校があったからだった。

どんな車を買うかについて、費用、見た目、機能等、家族の話し合いが進んでいったが、母からの要望は特になかった。我が家の必要最低の条件は車庫スペースとして、門から玄関までの狭い前庭があり、車がそこに収まることだった。

父と兄は、マー吉を駆使して近隣の自動車販売の営業所をまわった。そして絞り込んだのがマツダのファミリアと、トヨタのラウムだった。父は両方の営業所に電話をかけ、前庭に駐車させることができるか試すようにと持ちかけた。マツダの営業マンは、実家の煉瓦の門柱の前で行きつ戻りつし、ついにあきらめた。トヨタ・ラウムは、ファミリアよりわずかに車幅がせまかったか、営業マンの気合いか、見事に門柱の間を通り抜け、前庭内にぴたりと入れて見せた。父の拍手。「よし、あんたに決めた」てなわけで、シルバーメタリックのラウムがわが家に来ることになり、もとは白かった満身創痍《そうい》のマー吉は、廃車にされたのである。

それが八月のこと。

それからしばらくは、〝マー吉、もうスクラップにされただろうか〟などと時には考えていた。しかし、実家に帰るたびに乗るぴかぴかのラウムの乗り心地の良さに夢中になるうちに、マー吉の記憶は薄れていった。実家の二台目のマイカー、ラウムは、なぜかマー吉のような愛称を付けてもらうことはなかった。

†

さて、母はラウムが来て間もなく教習所へ行くことを家族の前でも宣言した。これに対して、家族は割合に静かに受け止めた。私と兄は、〝応援するよ母さん、がんばってね〟という感じ。父も別に騒いでいない。

「どうせなら、もっと若い頃に取ればよかったんじゃないの？　あたしたちが保育園の頃車があれば楽だったでしょう。それに、若いほうが簡単に取れたと思うけど」

という私の質問に対して、母は、

「若い頃は自信がなかったから思い切って免許を取りに行かれなかったんだ。今はもうわかったの。自分で思ってたほど運動神経も鈍くはなかった。小さい頃からうちの子は運動神経が鈍いからだめだめだと母親に言われて育ったから自分でもそうだと思いこんでたんだよね。そんなことはない、そんなこと思いこまなければ人並みにできたことがたくさんあったはずだって、ようやくわかるようになったの。少しくらい他の人より時間がかかっても、平気だと思えるようになったしね。ということに気がついたら今になってたってことかもしれない。ちょうどよかったのかもしれない。丈之助や未夢に、お金もあんまりかからなくなったから、今度から自分のためにお金を使うわ。どっちにしても、オンボロのマー吉の時は乗ってみたいとは思わなかったんだし」

という返事だった。

「おばあちゃんに、ずいぶんマイナスな子育てをされたっていうこと?」

「まあね、いろいろあったんだ」

と母は言うが、私も親からはずいぶんな仕打ちをされてきたことをこの身が知っている。たとえば、小学校の一、二年の頃、朝母にポニーテールを結ってもらうために頭を動かしてはいけないと言われていたのだが、頭の向きが悪いといって母はヘアブラシを持ち替えて柄の方で私の頭をたたいた。泣きたいほど痛かった。私の記憶では、髪を結うたびに一度二度はたたかれていたような気がする。私が母の勧めにしたがわず、頑《かたく》なに髪を切ろうとしなかったので、毎朝母はヒステリーを起こしたのだ。父にはもっともっと理不尽なことをされた記憶が山ほどある。それらの記憶が癒《い》えるには、今の母がたどったほどの年月がかかり、その間に私も自分の子供を傷つけていくのだろうか。

†

そして母は、十月十日の体育の日から自動車学校に入校した。

兄は「運転に運動神経はいらない。鈍い人でもできるのが運転さ」と、励ましていた。予想外だったのは父で、母の自動車学校通いを結構応援していた。「今度いつ行くの？」とたずねたり「今日どうだった？」と聞いて一喜一憂している様子がおかしかった。

母は秋から冬にかけて、小学校教師の仕事のあいまに学科や実技の時間を捻出した。

もちろん自動車学校に通っているのは若い人が多かったが、母のような中高年もそれほど珍しくなかった。若い男性はマニュアル車をこころざす者が多く、母のような中高年の女性は圧倒的にオートマ車志望が多かった。母はもちろんオートマ車志望である。母の不安は実技の指導官がどんな人に当たるかということだったが、たいていの指導官がサービス重視を心がけているとわかり、楽しめるようにもなっていった。帰りは西武線の駅まで送迎バスに乗せてもらっていたが、バスの運転手とも親しくなった。送迎バスの運転手は三人いたが、どの人も仕事のあいまに免許を取ろうとする中年過ぎの母を励ましてくれたりほめてくれたりした。

†

仮免検定で同じ教習車に乗り、一緒に不合格になった女子大生と母は親しくなった。いつも長いマフラーをぐるぐると首に巻きつけ、今起きたばかりのような眼をしている女の子だった。二度目の仮免検定で一緒に合格し、卒業検定のときもまたまた一緒の日になって、一緒に落ちてしまった。

落ちたわけを話し合いながら、母が女子大生の深町さよ子にコンビニのお結びを一個あげるとさよ子は嬉しそうに、「今日はまだ、なんにも食べてなかったんです」と言って、かじりついた。

「明日の卒業検定でまた一万円かかっちゃいますよね。送ってくれるようにお母さんに電話します」

と、ちょっと悲しげだった。

明くる日曜日、母は鮭を焼いて、自分で鮭結びをにぎって持っていった。

「深町さーん、またお結びあげるよ」

二人で教習場の休憩室で食べた。

「昨日は手抜きでコンビニのお結びだったから試験落ちたかもしれないと思って、今日は手作りにしたの」

「おいしいですう。絶対受かりますよね。お結びパワーだあ」

母は自動販売機でお茶を買い、深町さよ子はバッグの中からペットボトルに入れてきた水を取り出した。

ふたりとも二度目で合格した。さよ子は郷里の群馬県にいる母親に電話していた。母も父に電話で報告した。さよ子は郷里へ帰って運転免許を取るのだという。

「私、群馬で試験受けに行くとき、お母さんにお結び作ってもらいます。鮭のお結び」

ショートカットの髪にふっくらした頬、マフラーを首にぐるぐる巻きつけたさよ子と、もうお別れなのが母はちょっとさびしいと思った。さよ子は送迎バスに乗り込む私の母を見送り、自転車で帰って行った。

†

二千年二月の最初の日曜日、小金井の試験場で母は普通免許を一度で取った。

母が免許証を手に帰ってくるなり、私と兄が同乗してラウムで出発した。

母は教習車での路上運転で結構自信を持っていたのだったが、ラウムは母にとって教習車とはずいぶん違いがあった。まず、ブレーキやアクセルの踏み具合が異なり、スピードの加減がつかめなかった。教習車の時は、先端のエンブレムや左右両端のポールを目印にして、車体から周囲への距離間を見積もっていた。ところがラウムには左側のポールがあるだけで、どこを目印にしたらよいのかさっぱりわからない。車によってこんなにも違うとは思ってもみなかった。

そんな母の不安をよそに、私と兄は母をおだててじゃんじゃん走らせようと思った。新青梅街道に出ると母は得意そうにスピードを上げていったが、前方でなぜか停車している車の後部へ向かって、まっすぐ突っ込んでいった。あわや！　というところで急停車！　その後も、兄が「よし、車線変更だ！」と叫ぶや否や車線変更しようとし、後続車がクラクションも高らかに追い抜いていった。私は冷や汗びっしょりだった。

「母さん、自分の目でちゃんと確認してからやってくれよ」

「あんたが車線変更って言うからあんたが見てくれたんだと思ったわよ」

こんな調子だった。前途多難のような気がした。

それから間もなく母は暗くなってからラウムで買い物に行き帰ってきたとき、レンガの門柱の間を無理やり通ろうとして両サイドにすさまじい引っかき傷をつけた。次にもう一度出してやり直そうとし、今度は後部ボディを門柱にぶつけ、前に出ると家の前の公園を囲んでいるコンクリートの柵にバンパーをぶつけた。母が車を門柱の間に放棄して家に駆け込みビールをあおっているところへ父が帰ってきた。父は腰を抜かすほどおったまげたが、努めて冷静に母に声を掛けた。

「母さん、ラウムをあのままにしちゃだめじゃないか」

「もう私だめ。ビール飲んじゃったから運転できない」

「俺が見てるから、言うとおりにやりなさいよ」

そして運転免許は持っていない父の言うとおりに動かして、母はラウムを前庭に入れた。

実家に帰ってラウムを見た私は悲しかった。うちの新車のラウムが満身創痍となっていた。「痛かったかい」と私はラウムをなでてやった。

しかし二週間ほど経つとラウムはほとんどわからないように直された。自動車保険で直したそうだが、「もう新車とはいえない」と兄は言っていた。

母の試練（ラウムの試練？）はまだ続いた。小学校が春休みになって、転勤が決まっている母は、引越しの荷物を学校へ取りに行かなければならなかった。母はラウムで行くことにしたが、一人では自信がないので私が同乗して、行きは母、帰りは私が運転することにした。途中にある母の実家に立ち寄り、祖母と祖父にちょっと顔を見せていこうということになった。母は、門柱での事故以来すっかり自信喪失していたものの、ラウムが外見上きれいになると、たちまち立ち直り、もうあのことはなかったことにしてしまったらしかった。

「嬉しいなあ、おばあちゃんちまで運転できるようになって」

私から見ると、おぼつかないところが多々ある運転ぶりだったが、母が幸せならそれでよかろう、無事ならね、と自分に言い聞かせていた。心の休まる間もなく祖母宅についた。さて、いつも停めている畑の中の一本道で、母はまず左側へ寄せて停めようとした。しかし右側に寄せたほうがじゃまにならないと見たので、私が母に言うと、母は不機嫌になった。「もういいじゃないの、ここで」と言いながら、右側へ車を寄せていき、そこにあった照明灯のポールにラウムの右側のボディをぶつけた。

「ああ、母さんストップストップ！」

私の声もむなしく、母はアクセルを踏み込んでいた。ラウムは見事にへこんだ。がっくりした。そこへ母の冷たい声。

「あんたがこっち側に停めろなんて言うからよ」

「母さん、そういうこと言うわけ」

母ははっと気づいて「ごめん」と言ったが、私はすでに傷ついてしまっている。

「おじいちゃんおばあちゃんに内緒にしてすぐに帰ろう」

と母は言う。

「正直に言おうよ」

「心配かけるだけだから黙っていようよ」

こんな取り決めの後の訪問は、なんとも重苦しいものだった。

八十過ぎて二人暮らしの母方の祖父母は、身の回りを簡素にして元気に暮らしていた。孫娘の私が行くのを楽しみにして、果物などを用意して待っていてくれた。それなのに母は修理代などが頭に浮かぶらしく会話らしい会話もろくにしない。私も好物を出してもらっても、おなかいっぱいの気がして食べられなかった。そそくさと辞そうとすると、いつものことだが祖父が車のところまで見送ろうと出てきた。母はこれを必死に断り、「ここでいい、ここでいい」と振り切った。

しかし、ラウムに乗ってみるとハンドルがどうにかなってしまっていて、まっすぐに走ることができないのだった。母は、「おじいちゃんところに戻って、打ち明けよう」と言う。最初からそうすりゃよかったんだ。私は心では思っても健気に口には出さなかった。「ただいま」と、母は祖父母宅へ入っていき、

「実はさっき、車をぶつけたんです」

と打ち明けた。

「何だ、どうも変だと思った。そんなことは初心者にはよくあることだから気にすることはない」

と、祖母が言い、祖父はすぐに車を見に行ってくれた。

実はこの祖父という人、自動車運転歴は戦前までさかのぼる。戦争中は軍用のトラックを運転していたという。戦後も車関係の職業にいつもついていたが、最後は個人タクシーの運転手となり、つい数年前まで現役だったのだ。今ももみじマークをつけずにマイカーを運転している。

祖父はハンドルを傾けたまま運転し、行きつけの修理工場まで運んでくれた。それから自分のトヨタカローラを出して、母の小学校から実家まで荷物を運んでくれた。

さすがの母も、この自動車事故は後々までかなりのトラウマとなってしまったのだった。

2

春

†

三月の終わり頃から四月にかけて、実家のある東京の西部H市あたりの狭山丘陵が、えもいえぬ美しさになるときがある。新芽を吹き始める直前の木々が霞んだような銀色になるときだ。子供の時からこの瞬間に出くわすと、森の中に吸い込まれそうな不思議な感覚にたじろぎ、呆然となったものだった。私の家は、狭山丘陵を見下ろす高台に建てられており、この時期居間に三方あるどの窓から見ても木々に呑まれてしまったような気がするのだった。建築設計士である父が設計したこの小さな家が、私は好きだった。この家のある狭山丘陵も私は好き。でも、私はそこに住まずに、私以外の家族が住んでいる。

この芽吹き直前の木々の美しい時期に重なって、家々の周りでは、黄色のれんぎょうや三又《みつまた》、白のこぶしや木蓮《もくれん》が咲き始める。桜はその次にやってくる。これが、多摩の春というのかな。それとも武蔵野の春だろうか。しかし、私にはそんな一般的な言い方ではしっくりせず、実家の春としか思えないのだった。
私の母、野路新子は、かねてから予定していたとおり、四月から勤務先の小学校を異動することになり、長い間の電車通勤も終わりになった。新しい勤務先となった小学校は、住んでいる市の隣りの市にあり、通勤時間はこれまでになく短縮された。若葉マークを付けて、おそるおそるラウムで通う日もあったが、天気のいい日は自転車で行くのが気楽でよかった。つい先日まで、満員電車で疲労感いっぱいになって都心へ向かっていたのがうそのように、のどかな道を自転車で通った。森の中にある家を出てからも、しばらくは丘陵の中を走り、やがて一気に下って旧《ふる》い街道に出る。街道を少し走ってまた上り坂を上る。

† † †

F市立第四小学校は小高い丘の上にあり、豊かな緑に恵まれていた。都心の子供たちから見れば遠足に行きたいようなところだった。新子は一年生の担任となり、忙しい毎日が始まった。受け持ったのは一年一組四十人の子供たちである。

一年生は二組まであり、どちらも四十人学級で、それ以上一人でも多ければ三クラスになるという瀬戸際の人数だった。新子は異動先が決まりこの学校に面接に来たときに、校長からベテランのあなただから、多人数の一年生をお願いしたいと言い渡されていた。

郊外の恵まれた住環境の子供たちだからといっても、都心の子供たちとそう変わるわけではなかった。テレビやテレビゲームの影響を大きく受けていることや、遊戯王などのカード集めに熱中している子が多いなど、今時の子供の興味は似たようなものだなと思った。着るものも、近くの大手スーパーや新興のチェーン衣料店のフリースなどでかわいく、あまり個性のないところも似たり寄ったりだった。

学区域は広かった。一年生は、入学してから二週間ほどの間、帰る方向でいくつかの班に分かれ、担任や手の空いている教師たちに送られていく。送っていく道のりの遠いこと。一年生の足では三、四十分はかかるだろうと思われる子供たちが少なからずいた。マンションや建て売り風の比較的新しい家の子は核家族が多く、びっくりするくらい大きく重厚な家に住んでいる子は、たいてい二、三世代同居の子だった。

一年生の持ち物は何もかもが新しい。ランドセル、上履き袋、座布団代わりに椅子に敷く防災ずきん。体育が始まれば体育着を入れる体育袋、給食が始まれば、ナプキンを入れるナプキン袋。市販のものを持っている子もいれば、ひとつひとつ親の手作りのものを持っている子もいる。どれも、はやりのキャラクター柄や、子供らしいメルヘンタッチの柄だったりしてかわいらしい。しかし中には兄や姉のお下がりの、洗いざらしのを持っている子もいるが、そういう子は奔放で気後れしない感じの子が多い。

入学式の次の日は、トイレの使い方、ランドセルや袋類の置き方の説明などをして練習させ、校歌を一回歌っただけで、もう下校時間の十時半近くになってしまった。新子は、急いで帰る支度をするように子供たちに告げた。

そのとたん、何人もの子たちが「先生、先生」と叫びながら新子の周りに駆け寄ってくる。

「先生、ランドセルのふたが閉まらない」

「先生、お手紙もらわなかったの」

急ぎの時は、自分でやってごらんとか、探してごらんなどといっているより、どんどん手を貸してやってしまう方が早い。配布物もさっさと予備を渡してやる。自分のことを自分でやるようになるのは、そんなに先のことではないのだ。

「先生、これが取れちゃったの」

ランドセルに取り付ける交通安全の黄色いビニールカバーがはずれてしまった子が数人来る。〝ああこれが面倒なんだよね〟と、新子はいらいらしてしまう。きのう入学式の後、教室で父母に説明して配布したランドセルカバーだが、取り付け方がずさんなのですぐにはずれてしまうのだ。〝カバーの付け方自体にも問題はあるが、長い道のりを歩く子供の持ち物なのにどうしてきちんと取り付けないのだろうか、このごろの親は〟。そんな考えが脳裏をかすめ、すっかりはずれている子のははずして、「おうちでちゃんと付けてもらってね」とランドセルに入れてやった。もう帰り道を送っていく係りの教師たちが待っているかもしれないと思うと気持ちがせいてきた。

さあ終わりだ、急いで帰ろうと思ったとき、またひとり女の子が声をかけてきた。

「先生、ビニール」

前から三番目の席の子で、この子は自分の席から声をかけている。

新子がそちらを見ると、その子はもう一度言った。

「先生、ビニール」しっかりと新子の目を見て言っていた。整ったかわいい顔立ちをしている。

「ビニールの袋のこと？　なんに使うの」

女の子は、ピンクの真新しい上履き袋を持ち上げて見せた。

「ママが先生にビニールもらって、上履き入れてから上履き袋に入れなさいって言ったの」

新子は驚いていた。どんなにきれいな上履き袋だって、何回も上履きを入れれば少しずつ汚れていくのは当たり前のことなのだ。しかし、汚したくないという子供の知恵とも思えなかった。新子は手早く自分の机の引き出しをあけ、ビニール袋を一枚つかみだし女の子に与えた。

「今度からはママにもらってね」

その女の子、高山奈々のことがその日は強く印象に残った。

†

間もなく最初の保護者会が開かれた。保護者会といっても、出席者の大半は母親で、父親や祖母がちらほらまじっている。初めての保護者会というだけあってほとんど全員出席しているようだった。

背が高くやせぎすの高山奈々の母親は、小さな一年生用のいすに座りにくそうに座っていた。ほかの母親たちに比べていくぶん年齢が高そうに見えた。一年生の一回目の保護者会なので、どの母親もおしゃれに力が入っていたが、奈々の母親はラメ入りのセーターに細身のパンツに身を包んだ姿がやや若作りの感があり、化粧も気合いが入って目の周りも口の周りも濃く塗ってあった。上の子が何人かいる場合、母親が高齢になることが多いが、奈々は第一子だった。

緊張気味に始まった保護者会は、学校側からの挨拶や説明の後、出席者の自己紹介になった。どの母親も真剣に、自分の子供が友達作りが下手なこと、早く友達ができてほしいことなどを話していた。体の大きな、田口悠平の母は、

「うちの子はお友達と遊びたいのに乱暴しちゃうことがあるんですよ。仲良くしたいのに手を出しちゃうんです。注意してるんですけどね、もしも悠平が乱暴したりしたらどんどんしかってくださいね、それから、遠慮しないですぐあたしに教えてください」

と、一生懸命に話していた。

高山奈々の母の高山節子の番になった。高山節子は落ち着いて、全体を見回すようにしながらはっきりと話していった。

「高山奈々の母です。うちの子ってちょっと、ずるいところがあるんですよね」

あたりに冗談かというように少し笑い声が漏れた。

「結構楽《らく》しようとして、ごまかすことがあるんですよ。それを直そうと思っています」

それが初対面の時の高山節子の言葉だった。

†

保護者会が終わると間もなく家庭訪問の準備が始まる。同じ都内の公立小学校といっても地域や学校で行事や事務内容などにずいぶん差がある。三月まで勤務していたN区のK小学校では家庭訪問は廃止され、子供たちの住んでいる家の行き方や、住環境を確認するだけとなっていたので、一日で済んだ。二千二年から土曜日がすべて休日となることが決まったので、様々の行事が見直されたためだ。

他にも、たとえばN区では、ほとんどの学校が出席簿を男女混合で五十音順のものに変えていたが、この地区では旧来通り、男女別で男が先になっているものが使われていた。今行われていることを変えたくても、一年間は従わざるを得ず、学年末の学校評価の職員会議で議論されるのを待つしかないのだった。

新子は町内会が出している地図をつなぎ合わて作った学区域の地図に、受け持ちの子供の家のしるしを赤でつけていった。広い学区域内に四十軒の家が点在している。

これを七日で回れるように効率よく組み合わせていく。

高山奈々は学童クラブに所属しており、家は学童クラブから二、三分のところだった。

学校から学童クラブまで一年生の足で七、八分。奈々の家は、比較的近い方だった。

その日新子は学校の帰りに、自転車で三十分ばかり行ったところにある病院に入院している友達を見舞い、また学校の方向へ自転車のスピードを上げて引き返していた。すでに六時半を回っていた。向こうからランドセルを背負った小さな女の子が歩いてくる。黄色い帽子に胸に下げた名札、一年生のいでたちだなと思った。なんだか高山奈々に似ている。でもここは学区域を遙かに出たところだ。しかし、近づいてみるとやっぱり奈々だった。

「奈々ちゃん、奈々ちゃん」と呼び止め、「今頃どこいくの?」とたずねたが、奈々は新子を認めてもほとんど表情を変えずに、

「おうちへ帰るの」

「え？　奈々ちゃんのおうちこっちだったっけ？」

奈々ははっきり頷いている。

「おうちどこ？」

「あっち」

行く手を指さしている。

「今、学童の帰りなの？」

もう一度頷いた。

「もう遅いから気を付けてね」

「うん、先生バイバイ」

やっと少し元気な表情が現れた。新子は自転車のハンドルを押さえながら奈々を見送った。疲れたように、とぼとぼと歩いている。変だなあ、四小の子なのにどうしてこっちなんだろう。奈々の保護者の手で書かれた自宅の地図とは全然違う。それに、いくらなんでも遠すぎる。ここからだって四小まで奈々の足では四十五分はかかるだろう。

†

連休が過ぎた頃から一年生の生活も軌道に乗ってきた。時間割通りに学習が進められ、休み時間も給食の時間も始まった。入学してもしばらくはオリエンテーションのような時間ばかりを過ごしていると一年生は、「先生早く勉強しようよ！」と言い始める。ようやくひらがなを書き始めると、ノートに書くのが嬉しくてたまらず、間違えないように一生懸命書いていく。入学前からかな文字の読み書きを覚えている子が大半だったが、学校で改めて習うと子供たちは「これから正式に習うんだ」と納得して教えられたとおり、丁寧に書くのだった。たどたどしいが一生懸命書いた字に、新子はハナ丸をつけてやったり、小さく動物の絵を描いてやったりした。新子は絵が得意だったので、子供たちの希望に応じて、パンダや犬やライオンなどの絵を描いてやると、子供たちは、「やった！」と喜んでいる。

乱暴な字を書いた子はハナ丸や動物の絵をもらえず、赤ペンで直された。次に丁寧

に書き直していくと、

「うん上手に書けたよ！　さあ何がもらいたいの？」

「あのね、昼寝をしている猫」

「うん、昼寝をしている猫か、ようし」

あっという間に要求通りの絵がノートの隅に描かれた。そんな子供たちとのやりとりが新子は楽しかった。

高山奈々はいつも真っ先に新子のところへノートを持ってきた。しかし、直されなかったことがないほど、奈々の字はいつも乱暴だった。

「奈々ちゃん、急がなくていいからね、ゆっくり丁寧に書いてきてね」

直されると奈々の顔に一瞬悔しそうな表情が浮かぶ。奈々は素速く直して子供たちの列の後ろに並ぶ。二度目は嘘のように完璧に立派な字を書いてくるのだ。

「奈々ちゃん、一回で終わるように丁寧に書こうね」

と、新子は言わずにいられなかった。

奈々はそれには答えず、

「先生、うさぎ描いて。にんじん持ってるうさぎ、ねえ先生、早く描いて」

と言い立てた。

新子が子供たちに、前に出て黒板に字を書くように言うと、奈々は真っ先に手を挙げた。自分が指されなかったときは友達の書く字をじっと見つめ、

「あーっ、書き順が違う」

などと欠点を見つけた。

†

五月の半ば頃から、新子は一日一枚のひらがなの練習プリントを宿題に出すことにした。

その日に国語の授業で習った覚えたてのひらがなを、Ｂ５の用紙に二十個ばかり書くという単純な宿題である。

「今日から宿題をやってきてね。忘れないようにおうちに帰ったらこれをやってから

遊びに行くんだよ。学校で書くときと同じように丁寧に書いてきてよ。そしたらハナ丸がもらえるからね」

一年生は宿題をもらえて「やったー」と喜んでいた。新しく始まることが何でも嬉しい子供たちなのだ。

新子は休みの前の日は宿題なしと決め、それ以外の日は一日一枚のひらがなプリントを持たせるようにした。もちろんやってこない子もいる。遊びに夢中になって、すっかり忘れてしまう子もいるし、配られたとたんになくしてしまう子もいる。まだわずか六、七歳の子供なのだ。一応学級通信などで、宿題を出すので、おうちでも一言声をかけてくださいと断っておいた。それでも、親は仕事に忙しく、面倒見切れないという場合もある。新子自身、子育て中は子供の宿題など念頭にないうちに過ぎてしまい、息子はとんでもなく忘れ物が多いと担任に言われたものだった。

宿題は、きちんとやってきた子にはハナ丸を付け、直しを要する場合は赤ペンでチェックを入れてやった。あまり忘れることが続く子には、「宿題やってこようね」と、声をかけるだけだった。宿題を忘れた子を叱ったりすることで、宿題をいやなものとか恐ろしいものというイメージを一年生に持たせてしまう方が怖いことだと新子は思っていた。

教室の新子の机の上には、子供たちが提出物を分けて出せるように、いくつかの箱が置いてあった。「しゅくだい」「れんらくちょう」などと、中に入れるものの名前が箱に書いてある。その朝新子は「れんらくちょう」の箱から、ビニールの入れ物に入った一冊の連絡帳を取り出した。連絡帳を開ける前に入れ物の方に残った紙切れに気づき、ドキリとした。ビリリと二つに引き裂かれた宿題プリントが入っていた。昨日の「た」の宿題だが、白紙のままで手を付けていなかった。連絡帳は高山奈々のものので、ページを開くと、

『5/20　今日奈々は約束を破って学童で宿題をやってこなかったので、私が破りました。母』

とあった。

「奈々ちゃん」

呼ぶと自分の席で机の中のものをいじっていた奈々は、顔を新子の方へ向けた。

「これ、お母さんが破ったの？」

奈々は頷いている。

「奈々ちゃん、こっちにおいで」

奈々を新子のそばに呼び寄せた。

「お母さんに叱られたの？」

「うん」

「奈々ちゃん、宿題は学童クラブでやってもいいんだけど、クラブで遊んでて、忘れちゃうこともあるでしょ。そうしたら、おうちに帰ってからやればいいのよ」

「うん」

「ママにそう言える？」

「うん」

奈々は母親にひどく叱られるのだろうか。家庭訪問に行ったときに、聞いてみなくてはならない疑問が溜《た》まってきた。直接話をしてみないとわからないなあ。そう思いつつ、連絡帳には自分のサインのみ記した。

二日後、「しゅくだい」の箱に、いつもの宿題プリントよりかなり大きめの紙が入っていた。高山奈々の宿題で、手書きのマス目が細かく引いてあり、「め」の字が五十個も書かれていた。昨日の宿題は「せ」だったはずだ。

連絡帳に説明が書いてあった。

『5／22　奈々は宿題の紙を学童クラブのゴミ箱に捨てたそうですので、私が紙を作りました。母』

奈々は、やっていない宿題プリントを母に見とがめられるのを恐れて、学童クラブで捨てて帰ったらしい。

新子は奈々の連絡帳に返事を書いた。

『宿題は、学童クラブでできなかったときはおうちでやってもいいのです』

その先をなんと書こうかと新子は迷った。宿題のことが、この親子には非常に負担になっているのだ。あっという間にやってしまえる量しかない宿題なのになぜなのだろう。賢い奈々ならば、宿題なんてたいしたものではない。親子で叱ったり叱られたりするような問題にしてほしくない。宿題なんてやめてしまってもいいくらいだ。しかし、文面で高山節子に理解してもらうのは難しそうだった。

考えてしまったので、新子は給食の後まで、続きが書けなかった。

給食の麻婆ご飯をかき込むように食べた。ほかにもいくつかある連絡帳の記入や、宿題のマル付けなどをするため、長年給食はいつも早食いになっていた。給食だけでなく今では食事はいつも早食いだ。これが教師一般の傾向であるらしかった。少し後に新子に病が見つかったとき、新子は早食いも原因の一つに違いないと何度も思った。

『家庭訪問でお会いしたとき、宿題のことはまたお話ししたいと思います。奈々ちゃんには宿題ができなかったときは捨てないで、お母さんや先生にお話ししてねと話しました。　野路』

奈々の宿題を巡る出来事は、まだ終わらなかった。また二、三日後の連絡帳には、

『昨日は宿題はあったんでしょうか、なかったんでしょうか、あったとしたらなんという字だったのでしょうか』

また、奈々の宿題は出されていなかった。高山節子が奈々を問いつめている様子が眼に浮かんだ。

家庭訪問の予定表を子供たちに配布した。新子の方で決めた日時を示した上、都合がつかなければ、保護者同士の相談で交換してほしいこと、それでも不都合があれば、連絡してほしいことなどを知らせた。次の日、高山節子からの連絡帳が来た。

『5/29　家庭訪問の件ですが、前にお知らせした住所は姉の家で、三日に一度はそちらへ帰りますが、普段は自宅の方へ帰ります。家庭訪問の日は、自宅の方へおいでくださるようにお願いいたします。遠くて申し訳ありません。自宅の住所は次の通りです。F市田園町2の4の13』

詳しい地図も書いてあった。やはり、いつかの夕方、奈々に出会った方向に、奈々の家はあったのだ。それにしても、住所を偽ってまでなぜ奈々をこんなに遠くの学校へ通わせているのか。謎だなあ、家庭訪問に行ってみればすべてわかるのだろうか。

†

隣の一年二組では、すぐに友達に手足を出す子がいて、子供たちにけがが絶えないらしい。そのことから、親同士の反目が始まっているらしかった。三十代の男性教師が頭を抱えていた。一組も二組も、法で決められている最大の四十人学級だったので、その多さから起こる毎日の事件は半端ではなかった。一年生用とはいえ、四十脚も机と椅子を並べると、教室はほとんど埋め尽くされる。子供たちが立ったり座ったりするだけでぶつかり合い、トラブルが発生するのだった。そんなわけで、一年生の担任同士、トラブルが起こると一緒に対処法を考えたり、二組の親同士の問題の相談に乗ったりして忙しく過ごしているうちに、高山奈々の家庭訪問の日は来た。

奈々の家の訪問は、その日の最後ということにしてあった。地図を見ながら自転車で走り出したが、すぐに迷ってしまった。地図で予想される以上に実際の距離があり、ようやく見つけたときは足ががくがくするほど疲れていた。奈々の足で歩けば、学校まで一時間はかかるのではないかと思われた。

比較的新しい住宅地の一画に、その家はあった。道路からは玄関口しか見えなかったが、玄関を開けると予想外に中は広く、見慣れない調度品や装飾品が置かれ、独特の雰囲気が漂っていた。背の高い瓶や、民族衣装の人形などを見ると、韓国の装飾品

恐縮ですが
切手を貼っ
てお出しく
ださい

1 1 2-0 0 0 4

東京都文京区
後楽2－23－12
（株）文芸社
ご愛読者カード係行

書　名				
お買上 書店名	都道　　市区 府県　　郡　　　書店			
ふりがな お名前			明治 大正 昭和　　年生　　歳	
ふりがな ご住所	□□□-□□□□			性別 男・女
お電話 番　号	（ブックサービスの際、必要）	ご職業		

お買い求めの動機

1. 書店店頭で見て　2. 小社の目録を見て　3. 人にすすめられて
4. 新聞広告、雑誌記事、書評を見て（新聞、雑誌名　　　　　）

上の質問に 1. と答えられた方の直接的な動機

1. タイトルにひかれた　2. 著者　3. 目次　4. カバーデザイン　5. 帯　6. その他

ご講読新聞　　　　新聞	ご講読雑誌

文芸社の本をお買い求めいただきありがとうございます。
この愛読者カードは今後の小社出版の企画およびイベント等
の資料として役立たせていただきます。

本書についてのご意見、ご感想をお聞かせ下さい。

① 内容について

② カバー、タイトル、編集について

今後、出版する上でとりあげてほしいテーマを挙げて下さい。

最近読んでおもしろかった本をお聞かせ下さい。

お客様の研究成果やお考えを出版してみたいというお気持ちはありますか。

ある　　ない　　内容・テーマ（　　　　　　　　　　）

「ある」場合、小社の担当者から出版のご案内が必要ですか。

希望する　　希望しない

ご協力ありがとうございました。

〈ブックサービスのご案内〉

小社では、書籍の直接販売を料金着払いの宅急便サービスにて承っております。ご購入希望がございましたら下の欄に書名と冊数をお書きの上ご返送下さい。（送料１回380円）

ご注文書名	冊数	ご注文書名	冊数
	冊		冊
	冊		冊

らしかった。

高山節子と、節子の母らしい奈々の祖母とに迎えられた。祖母と母とは、風貌がよく似ていた。どちらもやせて背が高く、はっきりとした輪郭の顔をしていた。

道に迷って時間がかかってしまったので、すでに五時半になるところだったが、奈々は帰っていなかった。今日も、学童クラブに行っているのだという。

この日初めて高山節子から、住所を偽って四小に入学した理由が話された。

「本当は七小の学区なんですよここは。七小はいろいろあって、心配で行かせられないんですよ。去年の一年生のクラスも学級崩壊になっちゃってるそうですよ。私立受けさせようとも思ったんですけど、四小が落ち着いていい学校だと聞いたもんですから」

「はあ、でもずいぶん遠いですよね」

「健康のためにはちょうどいいくらいの距離じゃないですか。四小は丘の上にあるから足は鍛えられるし、環境はいいし」

「学童クラブは最終時間までいるんですね。今はいいけれど、冬になったらすぐに暗くなっちゃうから危なくないですか」

「そうしたら、車で迎えに行こうと思ってるんですよ」

通されていた居間に、祖母が、お茶とケーキを運んできた。にこにこと愛想がいい。

新子は勧められて居間まで入ってしまったが、「家庭訪問のお知らせ」という文書で、話はできれば玄関先で行い、お茶などの接待は受けられないと書いて配布しておいたのだった。

「先生、こんなに遠くまでいらしていただいたんだし、うちが最後でしょ。お疲れでしょうからちょっと甘いものを召し上がってくださいよ」

奈々の祖母に勧められて、新子はケーキに手を付けていた。

「じゃあ、毎日奈々ちゃんはここへ帰ってくるんですよね」

「はい、姉の家なんて書きましたが、ちょっとした知り合いに住所を借りてるだけなんです」

節子はあっさりと言った。

宿題の話になった。新子は、宿題を忘れて遊んでしまうことはよくあること、自分からやりたくなるように励ましていきたいことなどを話した。

「そうですか。昔の感覚で、宿題を忘れるなんて絶対いけないことだと思ってしまうんですよねえ。あたしの小学校の時の先生は厳しかったんですけど、宿題を忘れたりしたらバシバシ叩かれてましたよ。でもあたし、その先生が大好きだったの」

暗にあんたのやり方は甘いと言われてるのかなと、新子は思った。

「今は叩いたりしません。叩かれてやる気なんか出ないでしょう」

「体罰禁止の時代だものねえ、先生もたいへんよねえ」

祖母が席を外すと、節子は声を潜めて言った。

「おばあちゃんが奈々と合わないのよね。奈々もおばあちゃんをいやがるの。おばあちゃんは妹ばっかりかわいがるからかもしれないんだけど、妹は奈々みたいにきつくないから扱いやすいんでしょ」

保育園に行っているという奈々の妹も、これから迎えに行くのか姿が見えなかった。

何となく、解決していない問題を抱えたままの気がしながら、新子は高山奈々の家を後にした。

次の日、新子は奈々の家の事情について校長と教頭に説明した。届けた住所とは異なる学区外の地域に居住していることについてだった。その結果、市の教育委員会と相談したらしく、黙認ということになった。いじめ、不登校などで転校なども簡単に認められる時代なので、たいした問題ではないらしかった。

新子は、一年生に片道一時間歩かせることにこだわっていた。学校が終わった後、学童クラブへ行き、最終時間である六時まで過ごして、一時間歩いて帰るという生活。両親が働いていても、祖母がいるならもっと早い時間に帰宅させても良さそうだ。しかし各家庭の事情まで担任が踏み込むことはなかなか難しいのだった。

奈々は意地悪なところがあり、仲良しの友達ができにくいということがわかってきた。友達の失敗を嬉しそうに大きな声で笑う。友達の行動を見て、新子のところへ告げ口に来る。しかし新子が、「奈々ちゃんが注意してあげれば済むことは奈々ちゃんが言ってあげてね。先生のところへわざわざ来なくてもいいんだよ」と言ってやると、ぱたりと告げ口をやめた。利口な子だなと思った。

ある日の給食の時間、

「先生、ともくんがスープこぼしちゃった！」

と言う声の方を見ると、友孝の周りに二、三人の子供が集まっており、友孝のお盆にはスープがこぼれていた。

「先生、ともくんスープこぼしちゃった」

友孝の前に立っている奈々が、大きな声で新子を呼んでいたが、右手で友孝の器を持って残りのスープをさらにこぼしていた。顔は嬉しそうに笑っている。新子は思わず大きな声で奈々を叱りつけた。


奈々は毎日上から下まで行き届いた身なりをしていた。頭のてっぺんの髪を一房結わえる髪飾りもほかの子とは違っていた。レースの美しい花だったり、小さな動物のぬいぐるみだったりした。Tシャツもショートパンツもスカートも靴下も、手の込んだ刺繍やレースがついていたりして高価そうだった。それを見事にコーディネートして身につけていた。

身長を測るときに、髪飾りを取るように言われると、

「ママが取っちゃいけないって言ったの」

と、抵抗した。

†

梅雨の季節になり、新子は毎日ラウムで通勤するようになった。ここ数年、どこの地区でも教師が通勤のため車を使うことが問題にされはじめ、学校の敷地に駐車することを禁じている地区がほとんどとなっている。しかし、東京の中でも特に足の便の不自由なこのF市では、車通勤が黙認されていた。

新子はラウムを校庭の決められた位置に停車させ、帰りはいつも同じスーパーに寄って買い物をする。このスーパーの屋上の駐車場はいつもすいていて、新子でも安心

して停められるのだった。毎日この繰り返しで、ほかにはどこへも行かない。それでも少しずつ運転に慣れてきていた。

毎日雨が降るので、一年生はうまく遊べなかった。廊下を走って他の学年の教師に怒鳴られたり、一年生をお世話してくれる六年生に追いかけられたりしていた。

新子が、雨の日は折り紙を持ってきてよいと話すと、子供たちは少しずつ折り紙を持って来始め、休み時間は何人かずつ集まって遊ぶようになった。見ていると、折り紙上手の子が周りの子に教えているのだ。新子は絵を描くのは得意だが、説明書を見ながら折り紙を折るのは苦手だった。だが、一年生と一緒に、初めての折り紙に挑戦してできあがってみると、とても楽しかった。

休み時間の後、新子が教室に入って行くと、小池みのりがすぐにとんできた。普段からはきはきとものを言う子だ。

「先生、奈々ちゃんが貸してっていうから貸してあげたのに、折り紙返してくれない」

奈々は机の上に折り紙の束を持っていた。それがみのりのものなのだという。

「奈々ちゃんも自分の折り紙持って来たら?」

奈々は言った。

「ママは、お手紙に書いてあるものしか買ってくれない」

新子が学級通信に、『雨の日は折り紙などの静かに遊べるものを持って来てよいのです。遊戯王などのカードや、シールなどの収集するものは困ります』と書くと、奈々は高価そうな折り紙をたくさん持ってきた。休み時間だけでなく、四六時中机の上でいじっているので、新子にはとても目障りなことだった。

†

七月になった。梅雨は明け、暑さがどんどん増してきていた。特に一年生の教室は、四十人の子供たちの体温だけでも相当なものだ。子供たちは始まったばかりのプールの授業を楽しみにしていた。

二年二組の担任、大沢聡子は、クラスの多田楓が母親から虐待を受けているらしいことに前々から気づき、心配していた。楓は手足などに物差しで叩かれたような傷を付けて登校してきた。大沢聡子の問いに対して、楓は「お母さんがやった」と答えていた。

大沢は、T児童相談所に連絡を取りながら、楓の母ともコンタクトを取っていた。楓の母は、母親の前の夫の子であり、母親は再婚し、下に男の子が生まれていた。楓の母は、今の夫の前では楓に手出しをしなかった。夫のいないとき、いらいらが高じると楓を虐待する手が抑えられなくなるのだった。定年間近の大沢聡子は包容力のある優しい人柄で、一生懸命楓の母親をいさめてきた。この事は、事あるごとに職員の前で大沢が報告してきたので、新子もよく知っていた。

その日、多田楓は顔には殴られた痕《あと》、両腕は引っ掻《か》かれたと思われる爪痕から血が出ており、衣服の下は棒のようなもので打たれた痕をいっぱいに付けて登校してきた。大沢は見たとたんに怒りでいっぱいになり、目には涙が浮かんだ。

「楓ちゃん、もうお母さんのところへ帰ることない。帰るところを先生が探す。それでいい？」

楓は頷《うなず》いた。

「もう一度聞くよ。お母さんのところへ帰らなくていいのね」

「もう帰らない」

　楓はこれまで、母をいつも許してきた。大沢の前で母の悪口を言ったことがない。何をされても子供は母を求め母を許すのだと大沢は感じていた。しかし、これが限界だなと思った。大沢は教頭の前で、「うちに帰したら楓ちゃんは殺されます」と言った。

　T児童相談所に連絡が行き、相談員がやってきた。その日のうちに、多田楓は児童相談所に引き取られていった。

　その事実を楓の母親は電話で聞いたが、あっさりと受け入れた。学校にやってきて、一部始終を聞いたのは二度目の父親の方だった。

「そこまでやっていたとは気づきませんでした。かわいそうなことをしました」

　そんなことがあった翌日に高山奈々が初めて学校を休んだ。連絡もなかった。

　一時間目が終わって、新子は高山節子に電話をかけようと思っていた。何しろ、奈々の登校する道のりは遠いので、途中が心配だった。ところが、その前に教室へ教頭がやってきた。

「今、児童相談所から電話があったんですけどね、高山奈々を虐待の件で引き取ったって言うんです」

「ええっ、児童相談所は二年の楓ちゃんでしょう」

「いや、それは昨日で、今日は奈々ちゃんを引き取ったって言うんです。僕も今聞いたばっかりで何が何だかわからない。今日奈々ちゃん休んでますよね」

「ええ」

「ちょっと、親に連絡取ってみてくれませんか」

「ええ、今電話しようと思ったところなんですけど」

電話は通じなかった。

間もなく児童相談所からもう一度電話があり、奈々を引き取ったのは、幼児期からこれで三度目であること、母親からの虐待の事実があること、近いうちに直接説明に行くという連絡があった。しかしそれだけでは何のことやらさっぱりわからなかった。新子も校長に呼ばれて気づいたことを聞かれたが、母親はかなり厳しそうだと思ったことや、宿題の件などを話せたぐらいだった。

午後、子供たちを下校させた後、校長室で校長教頭と新子とで、思い当たる点を話し合っていたとき、高山節子から電話が入った。

「先生、無断で休ませちゃってごめんなさい。私前から腰が悪かったんだけど、昨日急にひどくなっちゃって病院行ったら即入院ていうことになっちゃったんですよ。それでね、奈々なんだけど、下の子もいて、おばあちゃんも体が弱いから二人も面倒見るのは無理だって言うんで、急遽《きゅうきょ》、大阪の友達にね、奈々を預けちゃったんですよ。うん、今預けてきちゃったの」

相変わらず、立て板に水で嘘を言った。受話器を取る新子を、校長と教頭が目を皿のようにして見つめているので、新子はメモ用紙に、『大阪に預けたと言ってます』と走り書きした。

「もうすぐ夏休みだし、夏休みまでお休みになるかもしれない。また連絡します。すみません先生。よろしくお願いします」

明らかに動転しているような声の調子ではあった。

しかし児童相談所が学校に連絡をしたと知って、高山節子は次の日にすぐ、新子に面会を求めてやってきた。今度は一貫して父親のせいにした。

「あたしは相談所へ行かせようなんて全然思わないのよ。いつも父親がもうだめだって連れてっちゃうの」

「いったいなにがあったんですか」

「あの子のすることで、あたしにどうしても我慢できないことがあるの。壁がね、砂が塗り込められてるような壁の部屋があるんですよ。その壁をね、奈々がこすって砂を落とすんです。それをやられるとあたしは我慢ができないんです。ほかのことはみんな許せるようになったのよ。その、壁だけがだめなんです」

返事の仕様のない話で、黙って続きを待った。

「あの子はあたしがそれがだめだって知ってるの。このごろはあの子もやめてくれてたのよ。でもおとといは、ちょうどあたしたちが手透きで。おばあちゃんは出かけてたし、あたしがお風呂に入ってて、おとうさんもちょっと他のことをやってたんでしょう。そのときあの子は、部屋に入ってさっとやったと思うのね。後であたしが見たら、砂が落ちてた」

「それでお母さんが怒ったんですか」

頷いた。節子の眉間に刻まれたしわを見た。怒ると怖い顔になるんだろう。奈々はどんな虐待を受けたというのだろうか。

「お父さんがもうだめだって連れてっちゃったの。奈々は行きたくない、おうちがいいってずっと泣いてたって言うのよ。もう今度こそいい子にするから行かせないでって言ったって。お父さんも奈々を預けてからずっと泣きながら帰ってきたって言うの」

新子は冷静に話を聞き、考えをまとめようと思っていた。「壁が原因」というのはわかりづらい。しかし、そういうことがあるとして、だ。

「その壁、なんとかならないの。壁紙にしちゃったらどうですか。今はなかなかセンスのいい壁紙もあるじゃないですか。壁をなくしてしまえば安心して暮らせるんじゃないですか」

「そう、あたしもそう思うの。主人に言ったんだけど、そこまでお金をかけることはないって言うんですよ。このごろの不況で、主人の会社も景気が悪いんですよね」

高山節子の家の、高価そうな調度品が思い浮かんだ。

「失礼なこと言ってしまうかもしれないけど、一つ聞いてもいいですか」

新子は疑問に思っていたことを言ってみた。

「お父さんは本当のお父さんなんですか」

「はい、そうです」

節子はしっかり頷いた。

「親は、夢中になって子供を怒ってるとき、お前なんかどっかへやっちゃうよって言ってしまうこともあると思うんですよ。でも普通はね、いくらどっかへやっちゃうなんて言って怒っても、本当にやったりしませんよ。ところが、あなたたちはやっちゃったんですからね、本当に。奈々ちゃん、帰ってきても自分の親を信頼して安心して暮らせないじゃないですか。もう一年生ですからね、絶対忘れられませんよ。奈々ちゃんに、心の傷になって残ってしまいますよ。しかも奈々ちゃんはたいへん賢い子です」

その時初めて節子の表情に動揺が走った。

「失敗した。行かせるんじゃなかった」

それから高山節子は、すぐにも奈々を引き取るようにする、今度は絶対に他人任せにしないでしっかり自分たちで育てたい、と繰り返した。

「早くあの子に逢いたくてたまらないんですよ」


新子は高山奈々を受け持ってからの経緯などを書く児童相談所からの用紙を手渡された。釈然としない気持ちが残った。これまでのことを、児童相談所の方は知っていて、こちらは何も知らされていなかったのだから、児童相談所の方にこそ経緯を書いて知らせてほしかった。とりあえず、書けることのみ記入していった。最後に担任からの要望を書く欄があった。

『今後は本人の幸福を願うのみです。できることなら、今まで通り担任していきたいと思います』と記した。

数日後、児童相談所から女性の相談員が一名やってきた。校長室で校長、教頭、相談員、新子の四者での話し合いがもたれた。中年の落ち着いた雰囲気の相談員から、意外な事実が明かされた。

高山奈々は二歳の時に、高山夫妻に引き取られた養女だった。このとき、一歳だった奈々の実の妹である高山実々も一緒に養女となっている。高山夫妻は、もとは韓国人であるが、日本に帰化している。奈々姉妹は、日本人の子である。高山夫妻は自分たちの子が生まれなかったので、夫婦で相談の上、姉妹を養女にした。姉妹の実の両親は子育てを半ば放棄していた。姉妹は高山夫妻に引き取られるまで不幸な環境にあった。高山夫妻は、責任を持って子育てをしようと決意していたが、二歳で引き取られた奈々の方は、扱いにくい子供だった。特にしつけられていなかったが、おむつも取れ、トイレの習慣もできていた。小さい頃から周りの状況に敏感な子供だったようだ。まだ一歳だった妹の実々は自然に甘えさせることができたが、奈々の方は自然に抱いてやることができなかった。高山節子は、しばしば感情のコントロールができなくなるところがあり、爆発的に奈々を折檻《せっかん》するようになった。幼児期に二度児童相談所に引き取られている。このとき、夫婦でカウンセリングを受け、子育てについて学んできた。今回三回目なので、児童相談所としては、簡単に返すわけにはいかない。現在高山夫妻は、奈々の引き取りを強く希望しているが、今後どうするかはよくよく検討してから決めたい。

児童相談所からこれまで学校に情報を提供しなかったのは、奈々を先入観を持たずに受け入れてもらいたかったからであって、ご了解をいただきたい。高山夫妻が奈々を学区外の学校へ入れたのは、高山節子の奈々に対する言動が近所でも知れ渡っていたからという理由も考えられる。

「しかし遠すぎますよね」

思わず新子は口に出した。

「学童クラブも最終の六時まで預けてるんですけど、母親はフルタイムの仕事なんですかね」

「いえ、母親は専業主婦ですから働いてませんよ。遅くまで学童に預けるというのは、それだけ奈々ちゃんと接する時間を少なくしたいということらしいですよ」

相談員は、奈々自身は家に帰りたいという強い希望を持っていることを話した。相談員は奈々の一時預けになっている高田馬場の児童相談所まで面会に行ってきた時のことを話した。

「奈々ちゃんのランドセル、茶色でしょう?」

「ええ確かに」

男の子は黒、女の子は赤のランドセルがほとんどの中で、奈々は上品な茶色のランドセルを持っていた。

「奈々ちゃん、あのランドセルが大好きなんですよね、早く茶色のランドセルをしょって四小へ行きたいって言ってるんです。でも、もしもね、四小へ戻れなかったとして、別の学校へ行くことになったとしても、あの茶色のランドセルだけは持っていきたいって言ってます」

奈々の言ったことは、何を意味しているのだろうか。児童相談所では、私服の持ち込みは認められず、入所と同時に相談所のものである衣類を身につけなくてはならないと新子は聞いていたが、奈々が高山夫妻のもとへ帰れなかった場合、あのひときわかわいらしい奈々の衣類の数々はどうなってしまうのだろうか。

奈々が高山家へ戻ってくるかどうかの決定はなかなか出されなかったが、家に帰りたいと強く希望した奈々の気持ちが認められて、七月二十五日に帰ってくることに決まった。それは夏休みになってからということだった。奈々の入った児童相談所の遠足で海に行くのだが、奈々も楽しみにしているので遠足が終わってから帰ってくるということだった。

新子は高山家に電話を入れて、夏休みに持ち帰る持ち物や一学期の通知票を取りにきてもらう日を相談した。そして、新子が夏季プールの指導当番となっている二十七日に、来てもらうことになった。その際、必ず両親できてほしいことを、校長からも言われているのだが、これまでのことも両親二人からよく聞きたいし、特に今後について詳しく相談したいからと念を押した。

†

初めての夏休みがやってくるので、子供たちは嬉しそうだった。一学期の間にできるようになったことがたくさんあった。新子は二組の担任と相談し、夏休みの宿題は絵日記二枚、朝顔の観察カード二枚、足し算の練習はできる分量だけ、と決めた。

一学期最後の日、蒸し暑い体育館での終業式も終わって、子供たちは教室に戻ってきた。もう三週間近くも高山奈々はこの教室に姿を現していないが、初めに高山節子から連絡を受けたとおり、奈々ちゃんのお母さんが入院したので、奈々ちゃんは大阪に預けられていると子供たちは聞かされていた。

明日からお休みなので、すぐに旅行に出かける子もいる。しかし大多数の子は明日からの夏休みの学校プールを楽しみにしているのだ。新子は教室の前に立って子供たちを見回していた。初めての通知表も配り、明日からの注意なども終わって、まだ少し時間があった。

「あと少しでさよならだけど、最後に先生の黒板劇場をやろうかな」

「やったー！」

黒板劇場は時間の余ったときなどに、新子がとっさに黒板に絵を描きながらそのときそのときに思いついた即興の物語をする新子流の子供サービスであった。

「今日は特別にこわーいお話だよ」

もう拍手が起こっていた。

青いチョークで、黒板にプールの絵を描いた。

「この前、プールの時間があった日のことなんだけど、みんなが帰ったあとで忘れ物がないかなあと思って、先生もう一度プールへ行ってみたんだ。そうしたらねえ、雨が降ってきたの」

新子はプールの中へ落ちる雨を青い線で描きこんでいった。水面に輪が広がる様子も描き、空中へしずくがはねる様子も手早く描いた。

「雨の音がサーッ、サーッて聞こえてたんだけど、しばらくすると子供が泣いてる声が聞こえてきたの」

教室はすでに水を打ったようにしんとしていた。新子は低く悲しそうな声を出した。

「おかあさーん、おかあさーん、エーンエーンって聞こえたの。あれっと思ってプールの周りを探したんだけど、なーんにも見つからないの。だーれも見えなかったの」

少し間をおいて、子供たちの反応を見ていた。

「どうしたの」

「プールの中も見たの」

恐る恐る聞いてくる子もいる。もっと話を怖いほうへもっていきたいという新子のいたずら心が膨らんできたが、ようやくとどまった。（だめだめ、これ以上怖がらせたら。まだ一年生なんだから、夜トイレに行かれなくなっちゃうわ）

「プールの中をのぞいたらね、どんぐりがひとつ落ちてたんだ。それで先生、そのどんぐりを拾ってみたらね、ぽろぽろ涙をこぼして泣いてるの」

「プールでぬれたからじゃないの」

現実的な反応をする子もいる。新子は黒板にどんぐりの絵を描き、目と口をかき込み、涙をぽろぽろ描いていった。

「どんぐりさん、エーンエーンって泣いてたんだよ。お山のカラスにさらわれて来ちゃったんだって。お母さんのところへ帰りたいようって泣いてたの。それで先生、お母さんのところへ帰りなさーいって、裏のどんぐりの木の方へポーンって投げてあげたの。バイバーイ、もう来ちゃだめだよーってね。はいおしまーい。みんなもプールにどんぐりや葉っぱが落ちてたら拾ってあげてねえ」

拍手と一緒に「なーんだー」という声や「うそだよー」「こわくなかったー」とい

う声もおこっていた。新子は知らん顔をして黒板を消し、

「じゃあ日直さん前へ出てきて。一学期最後のさよならをしましょう」

と声をかけた。

†

七月二十七日、新子がプール当番を終えて職員室へ行こうとしていたとき、玄関で待っていたのは、高山奈々の両親ではなく、祖母一人だった。家庭訪問で会った時のように、にこにこと愛想がいい。

「先生、おかげさまで奈々が戻って参りました」

「奈々ちゃん元気ですか」

「はいっ」

新子は奈々の祖母に、夏休み中子供たちが持ち帰る防災ずきんやら道具箱やらと一緒に通知表を渡し、両親で来る約束をしたことを尋ねると、祖母はそんな話は少しも

聞いていないということだった。新子は必ず両親で来られる日を連絡してほしいとくどく念を押して祖母を見送った。両親に会うまで引き下がるつもりはない。こんなに簡単に終わらせていいはずがない。新子の中に怒りに似たものが巣くっており、夜になってから高山家へ電話を入れた。高山節子が電話に出て、またしても詫びも言い訳もなしに、明日主人と伺いますと答えた。

翌日約束の時間に四小の校長室に現れた両親は、さすがに緊張しているようだった。校長室の応接セットに校長、教頭、新子と高山夫妻が向き合って座った。これまでの経過でもう隠しておいたことのほとんどが知られてしまったことを了解しているようだった。児童相談所からも厳しい話があったのだろう。

父親は一見温厚そうで、緊張しながらも丁寧に話をしようとしていた。しかし心配を掛けた点を詫び、今後の養育の決意を述べながらも、子供を引き取ったりしなければ面倒に出会わなくともすんだ、という響きが新子には聞こえた気がしていらだった。

母親は、ひとたび口を開くといつもの調子が舞い戻り、奈々のためにどんなに前向きであるかを明るく語った。砂の落ちる壁の前には、子供用の籐製の家具をふたつ並べて置き、もう手を触れられなくしたこと。その籐製の家具には、今まで箱の中に入れて自由に出させなかった玩具類を入れ、自由に遊べるようにしたこと、今まで子供に対する要求が厳しかった点を改め、「おおざっぱ」を心がけるようにしたこと。

「奈々は難しいところがあって、あたしから抱きしめてやれなかったんですけど、今度帰ってきたら自然と抱きしめていたんですよ」

校長は両親の話の一部始終にふんふんと頷き、「どのご家庭でも最初の子は難しいんですよ。だんだん子育てになれていくんだから、気長にやりましょうね」と教育者らしく話していた。

新子もこの両親に言うべきことがあるはずだったが、一生懸命親になろうとしている人に何を言えるだろう。この人たち以上のことが自分にできる訳じゃないんだという考えが頭の中で行きつ戻りつし、適当な言葉が浮かばなかった。

「お二人が、本当のご両親でないことは、奈々ちゃんは知っているんですか」

と、校長が聞いている。

「いいえ、まだ話していません。いずれは話してやらなくてはいけませんが」

父親が答えている。

「そうですね、まだ早いですよね」

校長はまたしても何度も頷いている。

今後は家庭と学校との連絡を細かに取り合うこと、家庭で困ったことがあれば何でも学校に相談してほしいことなどが繰り返し確認されて終わりだった。

「やあ、よくしゃべる母親だね。何を考えてるのかよくわからないね」

高山夫妻が退席した後、校長が感想を言っている。

二学期から、奈々は無事に学校生活に戻れるのだろうか。それより、この夏休み高山家の長女として、平穏に暮らしていかれるのだろうか。不安は消えなかったが、二学期は、もっと奈々に気を配り、家庭訪問をまめにするなどしていかなくっちゃ、と新子は自分に言い聞かせていた。

3

夏

†

七月の終わりから八月の初めにかけて、私と母は沖縄へ四泊五日の旅行をした。

母が費用を半分持つから一緒に行かないかと誘ってくれたので、もちろん私は二つ返事で誘いに乗った。半分の費用約五万円を捻出できる当てもなかったが、とにかく行ってしまえばこちらの勝ちなのだ。

旅行は「観光でない沖縄見聞旅行」と銘打ったツアーで、参加者は私たち親子を入れて八名だった。八名の中の白鳥さんと佐久間さんという二人の三十代の男性教員が案内人だった。他の参加者は母を入れて教員三名、M市の市会議員とその友達というおじさん二人、会社員というおばさん一人、そして私だった。つまり旅行の趣旨は沖縄の歴史を知り、戦争や平和について考えるというお堅いもので、私も興味がなくはないが主たる楽しみは旅行の最後の座間味島でのダイビングだった。参加者のおじさんおばさんたちはそれなりに面白い人たちで、そこそこ楽しかった。このツアーが十七回目で、これまでに十五回来ているという白鳥さんは目の鋭い精悍《せいかん》な顔立ちの小学校の教員なのだが、話してみるとおしゃべり好きのずっこけた人だった。

母と私には初めての沖縄で、二人でホテルの一室に泊まったのも初めてだった。この旅行の間中、母はすごく元気で楽しそうだった。母はたちまち沖縄料理と泡盛《あわもり》が気に入ってしまって、大いに食べ飲んでいた。

私は子供の頃から、よく「反戦」とか「平和のため」というアニメ映画などを母に連れられて見に行ったし、事あるごとに、話を聞かされていたためか、友達の中ではどこか硬派のところのある変わり者に育ってしまった。まあ、外見からは気取られないようにしている。でも、あまりにも何も考えない人たちを見ると、ばかに思えてくる。何も知らなくても人の話を聞けるやつはまだいいと思う。何も知らないのに人の話も聞かずにばかにしたり否定したりするのは最低ではないだろうか。今付き合っているヒロは、物は知らないが人の話は聞けるやつだと思う。そのヒロも、おじさんおばさんたちと沖縄へ行くといったらちょっと変な顔をしていた。もっとも費用は母持ち（？）だと言ったら、納得してたけど。

沖縄は、九州沖縄サミットが終わった直後で、あちらこちらにその名残が残ってい
た。サミット会場となった万国津梁館は見学者であふれ、中に入れずに待つ人の列が長く伸びていた。まあ、私たちには関係のないことだった。私たちは「観光」ではないシリアスな歴史を物語る現場を移動していった。また、このツアーでは、そうした歴史の証人たちとの出会いも企画されていた。私には、かなり「重い」経験となったこのツアーについてはまだ友達にもうまく話せない。特にひめゆり平和祈念資料館で見た少女たちの写真がいつまでも私の脳裏によみがえり離れなかった。モノクロのどの写真の少女も生き生きと美しいのだった。

さて、残念だったのは、台風が私たちを追いかけてきていたのだが、追いつかれてしまったのだ。沖縄市に二泊、那覇市に一泊して、最後に座間味島の民宿で一泊するはずだったのに、ついに、座間味島へ渡る船は出なかった。結局那覇市の同じホテルに二泊した。用意してきた新調のかわいい水着は着るチャンスがなかった。私はカメラマンとして、重い機材も持ってきていたのだが、これが生かせるようなシャッターチャンスにもほとんど巡り合えなかった。

母と大嵐の中、那覇でみやげ物を買い、遅れそうになりながら慌てて飛行機に乗った。飛行機の窓から厚く重なり合った雲が見え、一瞬雲の上にリング型に光る小さな虹を見た。

「今見た？」

慌てて母に言うと母も同時に、

「見た？　丸い虹」

と言っていた。何かいいことが起こるきざしだといいなあと思った。

母は旅行中ずっと便秘で苦しんでいた。漢方の煎じ薬を持参して飲んでいた。もうすぐ人間ドックに行くと言っていたが気にかかった。

羽田でツアーの人々とは別れ、母とは渋谷で別れて私はアパートへ、母は実家へ帰った。

†

沖縄から帰ってすぐ母は予約していた日帰りの人間ドックのためT中央病院へ行き、便潜血反応が陽性であり、再検査を要すると言われた。次に、内視鏡専門の医師に診てもらい、内視鏡検査の予約を取った。その日は前の晩から食事を絶ち、朝から大量の下剤を飲まされた。塩辛いいやな味がしたらしいが、これで下痢が起きればつらい便秘とおさらばできるのだろうかと母は期待していた。しかし、多少の便通があっただけで、母の場合期待していた大量の下痢は起こらないまま、病院へ向かった。病院で看護婦にその旨話したので二度に渡って浣腸をされたが、便は出きらないようだった。不安のまま肛門からファイバースコープなるものが入れられたが、少しはいったところで終わりになった。母は自分の直腸の中をカラーの映像で見せられた。

「ここに腫瘍があるのでこれ以上入らないんです。これが悪性のものか良性のものか調べて、来週の火曜日にお知らせしますので、もう一度来てください。その時はご主人と一緒がいいですね」

「悪性ということは、癌かもしれないということですか」

「そうですね」

母はそのことを父に告げたが、自分ではそれほどの動揺はなかった。本屋で癌関係の本を立ち読みし、家に帰ってからインターネットで、何か有効な情報はないかと調べた。いくつかの癌体験者のホームページを読んだが、そのときの母には何が必要な情報か知るだけの予備知識もなかった。

指示された火曜日に母は父を伴ってT中央病院へ結果を聞きに行った。

今度は副院長が診察室で待っていた。

「先日の腫瘍の組織を取って調べましたが、癌細胞が見つかりました」

母が、「わかりました。私の血縁の人で癌の人は一人もいないんですが」と言うと、副院長は「いや、そういう人もいくらでもいますよ」と答えた。

副院長は入院して手術を受けなければならないということを説明した。母はすぐにも手術を受けたいと言った。仕事があるので、夏休みしか休めないと言った。しかし、医師はすぐに手術をしても九月いっぱいは休まなければならないと言う。そのとき母の脳裏に浮かんできたのは、高山奈々のことだった。奈々のことを見てあげられないのか。

母は、「しょうがないんだ、病を治すことが先なんだ」と自分に言い聞かせて父を振り返った。そのときに見たのは、青ざめてソファにへたり込むように座っている父だった。

母は病院での検査のことを父と兄には話していたが、同居していない私は何も聞かされていなかった。母が薬局で薬が出るのを待っている間に、父はいきなり私の携帯電話にかけていた。

「未夢？　お母さんが癌なんだ」

青天の霹靂《へきれき》だった。

そんな時、私は心に蓋《ふた》をする。父は何を言っているんだろうか。またばかなことを言っている。小さいころよく理不尽なことを言って私をいじめたように。私は心に何も入って来ないようにした。何も考えなかった。

父は、自分の長姉のところへ行って、「もうだめだ、新子が癌だ」とうめいた。伯母は驚いたが、父の態度にあきれ、叱咤《しった》した。

「あんたがしっかりしないでどうするの」

そして、父はしゃきっとさせられ、病院選びをちゃんと考えるように教えられた。伯母はつてを頼んでT女子医大病院の紹介状を手に入れ、母にもそちらの病院を勧めた。

結局母がT女子医大病院に入院したのは、夏休みも終わった九月二日のことだった。

私は現実を受け止め、母と一緒に病気に立ち向かおうと思った。母はお産以来の入院生活をどのように過ごそうかと考えていて、宮部みゆきや翻訳ものの推理小説をたくさんと色鉛筆やスケッチブックも持ち込んでいた。

小説は持って行ったものを読み終えてしまい、私たちが追加を持ち込むほどだったが、スケッチする気持ちのゆとりは持てなかったようだ。

入院前から始まり、入院してからも次々と行われた検査は、ずっと健康体で過ごしてきた母にはこたえるものだったらしい。

母の若いころの写真を見ると、かなりスマートで、かわいい。結婚前の写真や赤ん坊の兄や私を抱いている写真を見て私が「お母さんアイドルみたい」と言ったことがあるほどかわいく写っているものがある。ところが、母はだんだん太っておなかが出てきた。母はキッチンドリンカーだったのだ。食卓で家族と一緒に飲んだビールより何倍ものアルコールを、母は料理を作りながら飲んでいた。それでスマートだった母のスタイルは崩れてしまったのだと思う。父は私たちが幼かったころは、私たちに対してと同じように母にも厳しかった。よく母の不足な点を見つけては小言を言っていた。仕事で疲れて帰った母は、アルコールに逃げてしまったほうが楽だったのだと思う。まあ、私にはわからない夫婦の問題もあっただろうし、母の心の奥底までのぞくことはできないが。母が夜はいつも酔っていたので、約束を忘れられたりすることがよくあった。そのことを母はいつも負い目に感じていたが、抜け出すことができなかった。

しかし、手術前の母の下腹はアルコール太りのせいだけではなかった。長年の便秘が直腸にできた癌によってのっぴきならないところまで増幅されていたのである。注腸造影検査も母を苦しめた。傾斜したり回転したりする台に乗せられ、不安定な位置で動きを止められながら、肛門から造影剤を注入された。苦しいだけで造影剤は入っていかなかった。若い医師はあきらめたように不意に作業をやめ、「体を洗ってください」と言ってその場を去った。

母は検査室の隣のトイレに座り込み、苦しさと屈辱感を抑えつけながら肩で息をしていた。

T女子医大病院は広大な敷地に、古い建物や新しい建物が混然と建ち並ぶわかりにくい病院だった。母が入院した第二外科は、十二階建ての建物の四階にあった。昭和三十年代ごろの建築物と思われ、天井が低く、廊下は狭かった。

病室は二人用で、二つのベッドは窓側と廊下側とに置かれていた。入院した当初は廊下側のベッドがあてがわれ、窓側の患者が退院すると、窓側のベッドに移動するのだった。窓側のほうがはるかに明るく、出窓になっているところに花などを飾ることもできた。

医師たちは、五人でチームを組んでおり、一番若い野田医師は日曜も祭日もなく、朝早くから様子を見にきた。おしゃべりで人好きのする学生のように若く見える野田医師は、患者に人気があった。

執刀医のリーダーとなる川渕教授から手術の説明があるというので、母も含めて私たち家族四人が四階のリファレンスルームに集まった。これがインフォームドコンセントというやつね、と私は思った。私も兄もインターネットでわかる情報はすべて取り入れてきた。

病院側は川渕教授のほか若い医師が一名と研修医も一名後ろに立って参加していた。教授は、癌が肛門から十二、三センチのところにあること、人工肛門にしなくても済むこと、MRI検査で見ると、卵巣の片方がいくぶん腫れていて、卵巣癌の場合もあるので一緒に切除するという説明がなされた。

「それでいいですか」

と、母にたずね、私や兄にも、

「何か質問は？　何でも聞いてください」

と、優しく言った。私たちは考えられることを次々に質問した。

「残る卵巣は取らなくてもいいんですか」

「手術で癌は取り切れるんですか」

「手術後に麻酔が切れてから痛みませんか」

教授は私たちを安心させるように、一つ一つに大丈夫なわけを話していった。

父は普段は誰よりも饒舌《じょうぜつ》な人なのだが、この日は不思議なくらいに無口で、ひたすら「よろしくお願いします」と頭を下げていた。母も「先生にお任せします」と頭を下げた。

手術当日、私たち家族は午前八時前には母の病室に集まった。父の長兄である伯父もかけつけてくれた。母は病室で肩に注射をされ、朦朧《もうろう》となりながらストレッチャーに乗せられてエレベーターを降りていった。私たちはエレベーターの前までしか見送れなかった。みんなで母に声をかけ、母も笑って手を振っていた。

手術が終わって母がまだ麻酔から覚めないころ、家族は川渕教授の診察室へ呼ばれた。

私たちは母の体内から取り出した癌化している直腸の一部を見せられた。それは、赤黒く不気味で、教授がピンセットでそれをつつくのがたまらなく不快だった。

「手術は無事に終わりましたが、三期の進行癌でした。これが今後再発するのかどうかは今はなんとも言えません。とにかく人工肛門になることはくい止めました」

それから？　無事済んだのだからもう大丈夫、母は必ず元気になるって言ってほしい。

「それから、卵巣ね、こちらはまだ悪性のものかどうか検査をしてみないとわかりません」

兄が、「では、取り出した卵巣もあるんですね」と言うと教授は、「そう、卵巣卵巣、忘れてた。卵巣持ってきて」と若い医師に言いつけた。父が、声を絞り出して「いや、もう結構です。ありがとうございました」と言った。

それから私たちはまた、四階のディールームで待った。父と兄がかわるがわる喫煙室へ喫煙しに行き、昼過ぎには売店の弁当を買ってきて食べた。五時間ばかり待っただろうか。手術は済んでいるのに待たされる時間が長すぎることに不審を持った父が病室をのぞいてみると、母は一人ベッドで苦痛の叫びをあげていた。父は驚いて看護婦を呼んだ。

後からわかったのだが、手術後の痛みをなくするために脊髄に入れる麻酔薬が母の場合入っていなかった。このため母は異常な痛がり方をし、私たちは驚いた。痛み止めが点滴で投与されたが、これは一定時間に投与してよい分量が決まっていたので、痛み止めが切れるたびに母は痛がった。母が声を出して痛みを訴える様子を見るのは私たち兄妹にとって初めてのことだったので、私たちはショックを受けた。

父が母を慰めようと思ったのか「新子、おなかの中の悪いところは全部取っちゃたから痛いんだぞ、がんばれ」と言っている。母は痛がりながら父に両手の人差し指でバッテンを作って見せた。そんな子供だましなこと言ってもだめだめ、痛いのは取れないよと母は言いたかったのだ。

†

母は回復していった。手術の次の日にはベッドを降りて立ち、その次の日には歩く練習をした。体につけられていた尿導管やドレインなどの管もひとつずつはずされた。

痛みも少しずつ和らいでいった。手術前からずっと絶たれていた飲むこと食べることも、まず一口の水から始まって、だんだんに進んでいった。重湯から、少しずつ固いおかゆに進んでいった。そのころから母は、病院食のまずさを訴えるようになった。食べられないと次の段階の食事に進むことができないのだが、私が見ても貧相な献立で食欲を出させるのは難しそうだった。

私は毎日のように母の病室に通った。洗濯物を十二階のコインランドリーまで運んで洗濯した。母のもとに届いた花の水を替え、病院の売店で買った弁当を母のそばで食べた。

母のあとから隣のベッドに入院してきた赤藤さんは肝臓癌だった。六十過ぎのおしゃべり好きの人だった。赤藤さんは十九歳で子宮筋腫の手術を受けたが、そのときの輸血からC型肝炎にかかり、数十年後に肝臓癌を発症したというわけだった。赤藤さんは、結婚歴がなく、妹と妹の娘である姪しか身寄りがいなかった。私が赤藤さんの買い物をしてあげたり、一度は洗濯までしてあげたので、すっかり信頼されるようになった。私は花の一瓶を赤藤さんのテレビの上にも飾ってあげた。

母が手術してから一週間後に、赤藤さんも手術をし、一晩ＩＣＵで看護されて帰ってきた。母と赤藤さんは励ましあっていた。この病院では、手術後しばらくは、患者が着脱しやすいように浴衣を着用することになっている。赤藤さんは洗濯をしてくれる看護人がおらず、クリーニングも間に合わなくなったのを知って、母と私で相談して母の浴衣を三着差し上げた。母はすでに歩いてトイレにも行かれるようになり、パジャマを着るようになっていた。「もう二度とこの浴衣を着るつもりはないんですから」と母が言うと、赤藤さんは喜んでもらってくれた。

私がこまめに母の看病をしていたので、親戚の人たちから未夢はよくやる、いまどきの子のようでないなどと褒められたが、私は褒められても嬉しくも何ともなかった。自分のお母さんの面倒を見たからって当たり前なんだから褒められたくなんかないと思っていた。兄だって忙しいサラリーマンだが、時間があるときは病院に来て母の洗濯をしていた。でも、母が退院するとき、赤藤さんの妹が私にと、ポーチとハンカチのセットをプレゼントしてくれた。フリフリのついた紫のやつで私の趣味ではないが、ありがたくいただいた。

母の手術後すぐにシドニーオリンピックが始まり、母は毎日ベッドでテレビを見ていた。そのうちシドニーオリンピックは終わってしまった。そのころ、母は主治医の瀬川講師から、T中央病院へ転院して、療養するようにと言われた。T女子医大病院は手術を受ける患者がいつも待機しており、ベッドは常時満員だった。

T中央病院は母がはじめに人間ドックを受け、癌が見つかった病院であるが、たまたまT女子医大病院第二外科とは、医師間の交流のある関連病院だった。母はT中央病院の差し向けてくれた迎えの車で転院した。

転院の少し前に瀬川講師から退院後の説明があった。このとき私たちは母の摘出した片方の卵巣からも癌細胞が発見されたことを知らされた。こちらは医師たちの見通しがとても良かったのだと聞かされた。もちろん私たち家族も母も一度の手術で済んだのは医師の先見の明があったからだと感謝した。

T中央病院の個室とT女子医大病院の二人部屋はベッド代が同じだったので、母は個室に入院した。こちらの病院のほうが食事がおいしかったこともあって、母の食欲は進み、普通食が食べられるようになった。

4

秋

秋になっていた。私の母、野路新子は退院して十月いっぱいは自宅療養をし、十一月から仕事に戻ることになっていた。そんなに長く職場を休んだことはなかった。

† † †

新子は自宅の窓からあたりを見回し、すっかり秋になっていることを実感した。時間が止まっていたような気がする。入院、手術ということが、現実に自分の身に起きたことだとは、今も信じられない、と思った。しかし、臍《へそ》の上を起点として、臍を迂回しながら真一文字に下へ向かって伸びている傷あとは確かにあり、手術前より体重は五キロ減って、おなかは平らになっていた。体力も確実に落ちていて、少し歩くと息切れした。家の周りで少しずつ散歩の距離を増やしながら、リハビリしていくことにした。

F市立第四小学校の同僚が見舞いに来て、学校の様子を話してくれた。

高山奈々は元気に登校してきていること。

上田可恵が不登校ぎみになっていること。

新子は子供たちの顔をいっぺんに思い出し、早く復帰したいと思った。新子が休んでいる間、嘱託の沢渡孝子が、新子のクラスを持ってくれていた。沢渡も見舞いに来て、子供たちが新子を待っているからと告げてくれた。

†

十一月、新子は職場復帰を果たした。新子が教室に入っていくと、沢渡孝子が指導しておいてくれたのだろう、子供たちが歓迎の言葉を唱和してくれた。

「野路先生お帰りなさい」

「お帰りなさい」

「もう入院はしないでくださいね」

「また元気に勉強を教えてください」

「野路先生おめでとう」

「おめでとう」

そして、代表の子供が出てきて、紙で手作りした花束を渡してくれた。新子はすっかり嬉しくなった。

「みんな、どうもありがとう、長い間お休みしてごめんね。でも、沢渡先生のおかげでとってもおりこうさんになって大きくなったね。私ももう入院しないようにがんばります」

後で沢渡が「もう入院はしないでくださいね」という言葉は、高山奈々が考えたのだと教えてくれた。

上田可恵が休んでいた。可恵の連絡帳が届けられていたので、新子は、

『かえちゃんにあえなくてさびしかったよ、あしたはがっこうにきてね。のじしんこ』

と書いた。

次の日も可恵は休んだ。連絡帳には、

『熱が高いのでもう一日休ませます。可恵も野路先生に会いたがっています。母』

とあった。

沢渡孝子や一年二組担任の佐藤肇から、可恵についての話を聞いた。二学期、新子が休んだ当初から可恵は学校へ来るのを渋るようになった。母や祖父が無理に連れてくる時は学校の門の前で中にはいるのを嫌がって、大声をあげて泣いた。沢渡は当初から一年一組の担任代行になったのではなく、初めは一時的にティームティーチング担当の春山という中年の男性教師が受け持った。この春山が一年一組の子供たちを大声で怒鳴りつけていたのを沢渡や佐藤は見ている。子供たちは担任の野路新子が突然来なくなって不安になっていたところへ、男性教師に怒鳴られるという経験をした。特に感受性の鋭かった可恵はパニックに陥ったのではないか、と、沢渡や佐藤は考えていた。その後、沢渡が担任代行になったが、可恵は一人では学校に来られなくなり、沢渡が直接母親や祖父から引き取るまで泣き止まないのだという。はっきりしない理由で欠席することも多かったらしい。

野路新子の記憶では、上田可恵は自己主張の強いしっかりした子だった。みんなの前で何かをするのが好きで、よく手をあげた。話も上手で順序正しくはきはきと話す子供だった。

一学期のことでひとつだけ思い当たるのは、BCG接種のときクラスで一人だけ、怖がって泣いたことだ。BCGに先立って受けるツベルクリン検査では、新子が、「蚊に刺されるときにチクンとするくらい」と言っておいたためか、誰も怖がらなかった。可恵などは、「キモチカッタネ、注射キモチカッタ」と自慢そうに言っていたのだ。ツベルクリンで陽性となるとBCGを接種されることになる。BCGは非常に細かい針が密集しているスタンプ型のもので、一見スタンプをポンと押すだけに見える。子供たちは「はんこ注射ね」と言って、痛いのを紛らわせていた。しかし、可恵は自分の番になると、

「いやだ！　針がついてるんだもん！　やっちゃだめ！　私かえる、かえる！」

と、大暴れして泣き騒ぎ、周りの看護婦や新子も一緒に押さえ込んで受けさせせねばならなかった。可恵は、押さえられて注射をされたことへの怒りと、泣いたことを友達に見られた恥ずかしさとで、長い間泣きやまなかった。新子の覚えている限り、可

恵が泣いたのはそのときだけだ。

十一月三日、四日の土日は学芸会だった。学芸会は新子の好きな行事で、これまでいつも自分でシナリオを書いて劇の指導をしてきた。子供たちがのびのびとあるいは思い切って、自分を表現する。その楽しさを知っていくまでの様子を見るのが喜びだった。自分でシナリオを書きながら頭に描いていたとおりに実際の劇がぴたりとかみ合ったとき、あるいは、その反対に、まったく予想外の動きを子供がし、それが思いがけなくすばらしかったとき、どれもぞくぞくするような経験だった。一年生は、加古里子の絵本『からすのパンやさん』をもとにして新子が書いたシナリオで、劇が行われた。といっても、新子が以前の学芸会で使ったことがあるシナリオが使われただけで、新子はまったく指導に携わることはできなかった。

上田可恵が二日間休んで登校したのは学芸会当日だった。学芸会の一日目は、子供同士で相互に観賞し合う日で、二日目は保護者観賞日となっていた。可恵は、母親と手をつないで登校し、いきなり『からすのパンやさん』の主役級の大きな役をやった。

二日間練習していなかったことなど可恵には関係ないらしく、堂々とした演技だった。可恵は、からすの四羽の子供の中のおもちちゃんという白いからすの役だった。可恵はよく通る声をしており、歌も踊りも上手でよく目立った。白いトレーナーと白いタイツ姿でからすのくちばしを頭につけた可恵はかわいらしかった。

低学年の劇は、全員出演させ、しかも一人一人が少しでも印象に残るような演技ができるように配慮しなければならない。『からすのパンやさん』は、大勢がドラマチックに出入りする物語で、しかもかわいらしい場面がたくさんある。新子の知らないところで演出された劇を見て、新子は感心していた。教頭や用務主事も手伝ってくれたとのことで、道具類も上手に作ってあった。

一日目の劇が終わって、ようやく可恵と話す時間ができた。

「可恵ちゃん、おもちちゃん上手にできたよ」

可恵は大きな目を輝かせてニコニコしていた。

二日目の保護者観賞日はどの学年も気合が入って、昨日よりいっそう上手だった。

可恵は、父母、弟、祖父母がやってきたので、やる気十分の演技を見せた。

学芸会が終わっても、上田可恵は、付き添いがなければ学校へ来られなかった。少し好転してきていると思える点は、門の前で泣かずに付き添いの家族と別れられるようになってきたことだった。時々、遅れて登校してきて、校庭で遊んでいた子供たちが教室に入ってしまった後だったりすると、門から入れずに泣くことがあった。しかし新子がすぐに気づいて門まで迎えに行くと、泣きやんで入って来た。学校に来てしまうと、さっきのはなんだったんだと思うほど自然に友達の中にとけこみ、むしろ積極的にやっている、というのが上田可恵だった。

可恵が普通に登校できるようになるのも時間の問題だろうと新子は思っていた。病み上がりの新子は、相変わらず、ラウムで通勤し、帰りに決まったスーパーマーケットへ立ち寄るだけという生活だった。体育の授業は沢渡孝子が受け持ってくれていた。帰ってからの家事も最小限にとどめていた。

新子は自分が不甲斐ないと思った。元気だったら、可恵を迎えに行っただろう。迎える場所を少しずつ学校へ近づけていき、励ましながら一人で来させるようにできただろう。

しかし今の新子には四十人学級を切り盛りするだけで精一杯だった。だが、担任が困っていると周りの子供たちが助けてくれるものなのだ。朝校門の前で泣いている可恵を見つけると必ず我先に駆け寄っていく子供たちがいた。

立川篤美もその一人で、新子が気づかないうちによく可恵を連れてきてくれた。篤美は気が強くて喧嘩っ早い子で、男の子とは手加減せずに盛大な喧嘩をした。それなのに、可恵のような子には率先して手を貸してやることができるのだ。その可恵も決して気の弱い子ではない。授業中、可恵の隣の席の腕白坊主がふざけて可恵の消しゴムを奪おうとしていた。可恵は怒って鋭い声で叫んだ。

「先生、茂昭君があたしの消しゴムを取る！」

新子が見ると、可恵は真っ赤な顔をして怒りの目を茂昭に向けている。茂昭は間が悪そうな顔をちらちらと新子に向けながら、左手で右手の甲を隠している。新子が茂昭の左手をのけてみると、右手の甲には可恵に引っかかれた傷がついており、血が滲んでいた。

学校の行事は絶えることがない。十一月の終わりにはマラソン大会があるので、子供たちはマラソンカードをもらって休み時間に走る練習を始めた。校庭を一周するとマラソンカードに書かれたしるしをひとつ塗りつぶす。マラソン大会といっても一年生は、校門を出てから校庭を囲んでいるフェンス沿いにぐるりと走ってまた校門から入って来るだけのコースである。マラソンが気に入った子は休み時間のたびに何周も走っていた。無頓着によく数えずに走って、適当にカードのしるしを塗りつぶし、友達からひんしゅくを買っている子もいた。マラソンに興味を持たない子もいた。高山奈々などは、相変わらず折り紙をあげたりもらったりに熱中していて、休み時間でもなかなか校庭に出て行こうとはしなかった。上田可恵もマラソンに興味を持たない一人だった。

個人面談も月末に迫っていた。個人面談は家庭訪問と違って、保護者のほうが決まった時間に教室へ出向いてくる。四十人分を五日でやり終えるように日程を立てねばならなかった。

生活科の授業で、秋に採れるものを集めた。学校の周りは宝に満ちていた。新子は子供たちと近くの神社や学校の裏の野原へ出かけた。もともと新子は色とりどりの木の実を集めるのが好きだったが、ここは探すと面白いようにいろいろな木の実が見つかった。雑木林の中に入り込み、藪《やぶ》をかき分けて行くと、ひょいと木の実がぶら下がっているのだ。赤い梅もどき、ゆらゆらゆれるヒヨドリジョウゴ、そして何と言っても美しいのは野葡萄《のぶどう》。青や紫や水色の瑠璃《るり》球のような野葡萄を見つけると、夢中になって子供たちに教えた。どんぐりも、コナラ、ミズナラ、クヌギ、マテバシイと、大きいの、小さいの、とがったの、丸いの、種類の違ったさまざまのどんぐりが無尽蔵《むじんぞう》に落ちているのだった。

N区ではバスで新宿御苑までどんぐり拾いに行ったこと、同じ形のどんぐりばかりでこまぐらいしか作れなかったことを思い出した。N区の子供たちをここに呼べたらどんなに喜ぶだろう。あたりを見回しながらぼんやりと考えていた。広い野原を子供たちが木の実を集めたり虫を追いかけたりしながらゆったりと時間が過ぎていった。

外で採集してきたものを子供たちがさまざまの物に生まれ変わらせる様子に、新子はまた目を見張った。木の実や松ぼっくりをくっつけ合わせるための熱したボンドを少しずつ押し出す道具、どんぐりに穴を開けるためのドリルなど、大人がしっかり説明してやれば一年生でも安全に使うことができた。白目の中で黒目が動きまわる目玉も用意した。新子はこの目玉を使って、あらかじめドラえもんやトトロを作ってみた。白や黒の細いマジックペンで口や鼻を描き足すと、どんぐりたちがユーモラスな人形に生まれ変わった。

子供たちは目を輝かせて創作に没頭した。松ぼっくりに子供たちが持ってきたビーズを付けていくと、すばらしいクリスマスツリーが出来上がった。トーテンポールのように採ってきたものを積み上げていく子、愉快な人形を作る子。新子は一つ一つをデジカメに収め、出来上がったものは壊れないうちに持ち帰らせた。そんな楽しい生活科中心の数日間があったが、上田可恵は風邪気味ということで休んでいた。

†

朝、新子はいつもはいている茶のパンツをはこうとして驚いた。ウエストが留まらないのだ。手術後、おなかが平らになり、ウエストも狭くなったので多少の満足感を得ていた。

「何で？　毎日めちゃくちゃに忙しいのに」

体重が二キロ増えていた。仕事に戻って緊張感のある毎日を過ごしているのにこんなことってあるだろうか。

数日後さらに三キロ増えてスカートやパンツがどれもきつくなった。T女子医大の検診日だった。いつものように外来で二時間以上待ってようやく呼ばれた。

診察室で穏やかな笑顔を浮かべた瀬川講師が待っている。

「どう、野路さん、仕事の調子は？」

「元気にやってます」

新子は横になって手術痕を瀬川に見せた。

「うん、順調だね。抗癌剤は大丈夫？」

一日二回服用するようにと出されていた抗癌剤は、新子の場合特に副作用も出てい

なかった。そのことを告げてから、

「先生、二週間ぐらいの間に五キロ体重が増えちゃったんですけど」

と言うと、瀬川は笑って、

「元気になってきたからじゃないの？　ちょっと食べすぎかな」

と言った。

「別にそんなに食べてないんですけど」

このごろは早食いしないようにとみに気をつけて、少量をゆっくり食べるように心掛けている。

いつもながら待つ時間は長く、診察はあっという間だった。

その二日後から胃もたれや胸焼けが始まり、食べなくても、いつも苦しいという症状がずっと続くようになった。新子は、あれこれ思い悩み、胃薬を飲んだり、漢方の便秘薬を飲んでみたりした。

風呂に入ったとき、自分の裸を見て息を呑んだ。胃がボールのようにぽっこり膨らんでいる。下腹部も大きく膨らんでいた。なにこれは！　また病気なんだ。医者に行かなければならないんだ。また病気なんていやなのに。

個人面談が始まっていて、休めなかった。留まらないパンツをはいてセーターで隠し、上からジャケットをはおった。

一人十五分の個人面談はきつかった。「先生よかったですね元気になられて」と言ってくれる人もいる。「くれぐれも無理しないでください」と言ってくれる人もいる。

「また具合が悪いんです」

とは言えなかった。

個人面談で、男の子の親の何人かから、立川篤美の乱暴が目にあまるという話が出た。篤美は怒りっぽく手が早い。しかも喧嘩のとき手加減しないので、生々しい傷をつけて帰った子は何人もいた。篤美の心の深いところに、満たされないものがありそうだった。しかし、篤美とゆっくり向き合う時間はもうなさそうだった。

帰りに寄るスーパーでカートを押しながら歩くのさえ体がきつかった。家で、家族に話すと、早く病院へ行けのコーラスが降ってきた。

「行かれる日を見つけてできるだけ早く行く」

と答えたが家族は心配のあまり、仕事なんか放り出してすぐに行けといい、口論になった。しかし、個人面談をキャンセルする気にはなれなかった。

十一月三十日土曜日はマラソン大会だった。

朝、新子が教室の窓を開けていると、張り切った男の子たちがばらばらっと駆け込んできた。

「おはようございまーす！」

高山奈々もいつもより早めに登校し、ランドセルを下ろすなり、窓の外を見て、「ママ、ママーッ」と手を振った。新子も窓の外に目をやると、奈々の母と祖母が大きく手を振り返していた。新子に気づくと愛想よく笑顔を見せ、お辞儀をした。先週はピンクの真新しいコートを着て来て、「ママが脱いだらだめって言ったの」と、一日じゅう脱がなかった奈々だが、その日はさっさと体育着に着替えていた。

上田可恵は、マラソン大会が始まる直前に母親と一緒に登校してきたが、この日は母親が帰らず、マラソンを見ていくと承知しているので、泣いてはいなかった。

一年生の初めてのマラソン大会なので、校庭には大勢の保護者が集まってきた。子供たちは次第に興奮してきて、担任と補助の教員たちでスタート地点に並ばせるのに苦労した。

結果は、やはり普段からよく走って練習してきた子供たちが上位に入った。立川篤美もその中の一人だった。結果にとらわれず沿道の父母たちに手を振りながらのんびり走った子達は、一年生らしい幼さが感じられるのか笑いを誘っていた。

母と祖母の応援にもかかわらず、高山奈々は下位の方でゴールした。上田可恵は、きゅっと口を結び、にらむような表情でゴールしてきた。最下位だった。

新子は、胃が次第に膨らんではちきれそうになるような痛みをずっとこらえていた。マラソン大会が終わって、ほっとした教師たちは、レストランで昼食を取ってから帰ろうと誘い合っていた。新子は誘いを断り、教頭に月曜日の休暇を申し出た。月曜日は個人面談の予定を入れていなかったので、ようやく病院へ行ってこようと思っていた。ラウムの運転席に座って、シートに体を持たせかけると、腹部の苦痛が少しやわらいでいった。まるで臨月の妊婦のようだ。そう思ったとき、新子の頭に「腹水」

という言葉が浮かび上がり、そうか、この腹のものは腹水というやつだと気づいた。家のパソコンで「腹水」を検索すると、七千以上の情報が見つかった。新子の体形そっくりの男性の写真を見て、これと同じだと確信した。「ガン性腹水」という言葉から目を離せなかった。

十二月二日月曜日、T女子医大病院は創立記念日で休診だという。新子はやむなく前回療養のために入院したT中央病院へ出かけた。T駅からほんの少しの距離も歩く力が出ず、タクシーに乗った。医師たちは新子の腹部を見て目を見張って驚いているようだった。

「腹水が溜まってますね。すぐには抜けませんよ。入院しなければどうにもなりません」

ともかく、T女子医大病院とは連絡を取って方針を決めてくれること、T中央病院ならば今すぐでも空きベッドがあることを話してくれた。新子は明日はどうしても出勤しなければならないことを言った。医師は、明日の晩T女子医大病院との話し合いで決まったことを新子に電話してくれると約束した。どちらにせよ、明後日入院ということだった。

十二月三日火曜日、出勤してすぐに新子は校長と教頭に自分の病状と明日から入院することを伝えた。その日が個人面談最後の日で、十二人が予定に入っていた。平均八人にしたつもりだったが、予定のつかなかった人などでこの日に集まってしまったのだ。

職員朝会の時間に上田可恵の母から電話がきた。可恵がどうしても学校へ行かないと言って泣いていると言う。前日新子が欠勤したことが響いているのかもしれない。

新子は電話を可恵に代わってもらった。

「可恵ちゃん、先生だよ。先生ね学校の門のところで可恵ちゃんを待ってるから可恵ちゃん来てね。一人で来るんだよ」

「うん、わかった」

あっさりと可恵は答えた。

職員朝会が終わってから、新子はポケットにどんぐりで作ったドラえもんを入れて、正門に立っていた。

正門からまっすぐ伸びている道は下り坂で、はるか下の方までよく見えた。可恵が来るという自信はまったくなかった。膨満感を増してきている腹部を押さえ、立っているのも気力が要った。

私はいつも自信があった。自信過剰の傲慢な教師だった。今までの私ならこんなとき、絶対可恵は来るって信じることができた。もう信じることができない。もう私にはなすすべがない。力もないし、時間もない。

だが可恵は来た。小さい可恵のかたちが、坂の下のいちばん遠くに見えた。新子にはすぐに可恵だとわかった。黙って待っていた。大げさに手を振ったりせず、じっと待っていた。可恵はマラソン大会のときのように口をきゅっと結んで歩いてきた。大きな目が一生懸命新子を見ていた。すぐ近くに来てからさりげなく「可恵ちゃんよくきたね」と声をかけた。

可恵が目の前に来たとき、新子はかがんで可恵を抱きしめた。

「これ、ごほうびよ」

「ありがとう」

自分で作ったどんぐりのドラえもんを可恵にあげた。言いたいことがいくつも心に浮かんだが、言わなかった。(明日から毎日一人で来るんだよ。先生がいなくても可恵ちゃんはちゃんと来るんだよ) 可恵の顔が少しほころんでいだ。

午前中の授業の間、新子はデジカメで子供たちの写真を撮れるだけとった。午後の、十二人の個人面談をともかく終わらせた。これから病気がどうなるか自分でもわからないので、その話はしないことにした。保護者からの訴えや疑問などに精一杯誠実に答えることしかできないと思った。

面談が終わると、すっかり暗くなっており、ほとんどの教師は退勤した後だった。やり終えたんだと、そのことだけ思った。職員室に戻ると教頭が待っていて、明日からのことをもう一度聞かれた。

5

冬

†

何もかも、ふりだしに戻ったんだ、と私は思った。父からの連絡を受けて、母が、再び入院したT中央病院へ駆けつけたとき、母の姿を見て私はえんえん泣きたかった。ゆったりしたパジャマを着てさえありありとわかる妊婦のような体形の母。〝おかーさーん、助けてー〟とすがりつきたいのに、泣きたい原因は母なのだ。母は腹に穴を開け、ホースのようなものをつないで腹の水を抜かれていた。抜いた水はガラスの梅干のビンのような形のビンの中へポトン、ポトンと垂れている。

「お水、抜いてもらってようやく少し楽になった。さっきまで苦しかったんだあ。苦しくてねえ、何も食べられなくなっちゃったの」

腹水は千ミリリットル抜けたら看護婦が止めに来た。母の腹は膨らんだままだ。

「一度にそれ以上抜けないんだって。腹水も身のうちだから、それ以上抜いたら危ないんだって」と言いながら、母は上を向いていた。

腹水の原因はすぐにはわからず、抜いても次の日にはそれ以上に増えていて、苦しくなってくるのだった。母の病室は三人用で、他の二人は乳がんの手術後の抗癌剤治療中だった。二人とも抗癌剤の副作用に苦しみ、髪もすっかり抜けていたが、母のことを心配してくれた。母と私はここで初めて抗癌剤の苦しさというものに出会った。この人たちは他の病室の人とも情報を交換し合って、互いにできるだけ体力のつくものを食べようとしていた。

病院の廊下に古びたクリスマスツリーが飾られ、あんまりきれいではなくて、何だか侘《わび》しいだけだった。そんな季節が来たのだということはわかった。

T中央病院で、CTやMRIの検査をし、一週間ばかりしてT女子医大病院の第二外科へ転院した。前回とは逆のコースだった。

ここでも、毎日、あるいは一日おきに腹水を抜くだけの日々で、母はどんどん物が食べられなくなり、苦しさを募らせていた。腹だけが大きく膨らみ、手足は次第にやせて骨が浮き出てきた。

十二月二十二日の夕方、医者や看護婦たちの心配りで病院のクリスマスが行われた。

体格のよい医師がサンタクロースに扮し、若い医師や看護婦は赤と白の衣装をまとってサンタクロースと一緒に、各病室を回っていった。病棟には感度の悪いスピーカーからクリスマスソングが流れていた。一人一人の患者にプレゼントとクリスマスカードが配られ、患者を中心にして写真が撮られた。

母は第二外科に来てからというもの、ずっと不機嫌だった。前回から母を知っている看護婦や若い医師が話しかけても、短い返事しか返さないようになっていた。しかしさすがの母もサンタクロースたちと写っている写真では少しほほ笑んでいる。無理に作ったような笑顔だった。後でプレゼントをあけてみると、紙粘土をビンに貼り付けて作った花瓶が入っていた。クリスマスカードも手書きで、心がこもっていた。このころの母は、人の親切を素直に受けられない心境に陥っていたのだと思う。

この病院のクリスマスのすぐ後、母は六階の婦人科病棟へ移った。婦人科の診察を受けて、ようやく腹水の原因が絞られた。前回の手術のとき取り残した卵巣が癌となって腹水を起こしているというのである。すると、九月に直腸癌の手術をしたとき、一緒に片方の卵巣を取ってから、わずか二カ月ばかりで、残った卵巣が発癌したということになる。

六階の婦人科病棟は二人部屋だったが、母はここでずっと一人で入院していた。暮れも押し詰まり、退院していく人が多く、入院してくる人はめったにいなかったからである。

母は年を越しても退院できないことがわかった。一月十五日に手術が行われることに決まった。それは、苦しんでいる母にとっても、私たち家族にとってもはるか遠い先のような気がした。病院側の説明では、手術の予定が詰まっているのでということだったが、暮れから正月にかけて病院が休みに入るのはとうにわかっていたことだった。日一日と苦しさを増す母のような患者の手術をなぜ優先してくれないのかと、私たちは歯噛みする思いだった。

母は病院の食事を受け付けなくなったので、一日中栄養剤の点滴につながれるようになった。患者が食べられるものは何を差し入れてもよいということだったので、私たちはできるだけ母の希望を聞いて食べ物を運んでいった。父の設計事務所は幸いT女子医大病院からバスで二十分ほどのところにあった。父は毎日昼休みに自分の食事を急いで済ませ、母の病室へ食べ物を持っていった。母が海苔巻を少し食べられたときは、事務所の近くのテイクアウトの寿司屋で海苔巻を一本だけ買った。それも、食べやすいように切ってもらっていた。以前の父だったら海苔巻を一本だけ、それも切ってもらって買うなんて考えられないことだった。

母が味噌汁を飲みたいと言ったときは、兄が鰹出しを取って豆腐の味噌汁を作り、魔法瓶に入れて病院に持っていった。兄、丈之助は、下宿していた学生時代に相当料理を極めたらしく、変に凝り性のところがあった。母はこの味噌汁をうまそうに飲んでいた。

私は実家を出てから数年になるが、大晦日と元旦に帰らなかったことはない。兄の丈之助も同様である。家族で大掃除して年越しをし、元旦にはお屠蘇《とそ》で祝う。それから元旦の夜は父の四人兄弟の家族が集まって、大騒ぎをする。それは父の流儀であるが、わがままを言って家を出ているという引け目が私にあったので、その時だけは父の流儀に合わせてきたのだ。本音を言えばもうひとつ大きな理由がある。私は母の作る正月料理が食べたいから帰るのだ。私は家を出てから、外食も数え切れず、友達の家にも呼ばれ、自分でもある程度の料理は作れるようになったが、母の料理が一番おいしいと思う。母は毎日の料理は時間をかけず、しかも年中工夫していてレパートリーを増やしている。忙しいのに工夫する母は偉いと思っているが、母にしてみればできるだけ手間暇かけず、シンプルでおいしいものを目指しているらしいのだ。正月の料理はどこの家でも同じようなものだと思うが、ゆり根の蜜煮と、くわいのお煮しめはどうしても実家で食べたいのである。

だが、今度の正月は母が実家にいない。

母は病気のことを母の両親に打ち明けねばならないと思い始めていた。母は前回の入院、手術について、母の両親である私の祖父母に一切知らせなかった。あの自動車事故で一度はしらを切ったように、隠しとおすつもりだった。八十過ぎて元気で暮らしている二人に余分な心配をさせて、かえって病気にでもさせかねないというのである。しかし、毎年正月の二日には、家族で祖父母宅を訪問していたので、隠しとおすことは無理だろうと考えたのだ。

母は一人病室で臥せながら、延々と思い出を辿ったりしているらしかった。このころの母には、次々と思い出したくない記憶が戻ってくるようだった。

病室で母が思い出を語っている。

「うちの両親は、よそ行きに子供に革靴を履かせなければって思ってたの。それで、小学校の入学式の日、おじいちゃんが買ってきたぶかぶかの革靴を履かせられた。それも男の子用だったんだよ。友達に、革靴を履いてる子なんて一人もいなかった。ふつうの公立小学校だったんだから、貧しい家の子も多かったの。うちだって、貧乏だったと思う。お金がないときはひどく貧しいものを食べてたから。革靴は歩くと、ぱかんぱかんて踵《かかと》が持ち上がって、歩きにくかった。もう一つ持っていた運動靴を穴が開いても何でも履いていこうと思った。もったいないから革靴を履いていきなさいっておばあちゃんがいつも言うの。でもね、もっとがっかりしたのは、その革靴が小さくなって履けなくなったとき、おじいちゃんとおばあちゃんでまた新しい革靴を買ってきたことなの。今度は、足首にベルトがついた赤い女の子用だった。それもいやだったんだよ、それの方がもっと目立ったんだもん。それを見たとき、顔が引きつっちゃった。そしたらおじいちゃんが、うちの子は何を買ってやっても喜んだことがないなって言ったの。革靴って丈夫だから、しかも大きいのを買ってくるから一度買ってもらったら何年も履かなければならなかったの。あのときのおじいちゃんとおばあちゃん、何で革靴にこだわったんだろう。考えてみれば、何か新しいものをもらうとき、相談してくれたことがなかったような気がする」

もちろん母にはわかっていたのだ。戦争の前の貧しい子供時代を過ごした祖父母が、自分たちが望んでいたものを与えれば子供は喜ぶと信じて無理して与えていたことを。でも、私も知っているけれど、子供のときに傷ついた気持ちというのは、理屈では消えてくれないのだ。それが母のように心も体も弱ったときに蘇ってくるのだろうか。

母はおじいちゃんとおばあちゃんに会いたくないと言っていた。しかし、母の一人だけのきょうだいである伯母と私の父とで、母の病気について祖父母に知らせた。すぐに祖父が運転し、祖母は後部座席に乗って二人はT女子医大病院に見舞いに来た。

祖母は病床の母を見るなり、

「ああ、やっぱりほんとだった」

と言った。健康な母しか知らないのだから、ショックは大きかったと思う。だがそれ以後は、母がラウムをぶつけたときのように冷静にふるまった。

母も冷静に「大丈夫、手術をしたら元気になるから」と言っていた。前回の手術については、祖父母には伏せたままだった。祖父は毛糸の帽子をかぶり、ほほを真っ赤にしていた。和服姿の祖母は、「未夢ちゃんがいるから安心ね、お母さんのことお願いね」と、私に言った。

その日T女子医大病院の周辺の道路は渋滞し、病院の駐車場も混雑していたが、八十四歳の祖父は平然と運転して来ていた。

†

大晦日が来た。家族で相談し、母がいなくてもこれまでどおりにやろうということになって私は実家へ帰った。父と兄はすでに大掃除を始めており、父はいつもの年よりも念入りに掃除していた。特に、母が帰ってきたとき気持ちよく使えるようにと、念入りに台所を掃除していた。母はここ数年台所の大掃除はしていなかったらしく、隅々はひどく汚れていた。私は毎年の受け持ちの風呂場掃除とガラス磨きにかかった。驚いたことに、買い物に出かけた兄はくわいを買ってきてお煮しめを作り出していた。夕方、私たち三人はラウムで母の病院へ出かけた。一日中忙しく過ごしていた私たちを、母は一日中待っていたらしく、情けない顔をしていた。

「なんにも食べたくなくて、紅茶だけ飲みたかったから待ってたのに」

私が急いで紅茶を入れると、母はすまないと思ったらしく「うちのこと、大変だったの」と聞いてきた。兄が煮たくわいを持ってきてみたが、母は見ただけで、口にはしなかった。その晩母は、紅白歌合戦を一人で見ていたらしい。

そして、二千一年が来た。

元旦は父の兄弟の家族の集まり。二日は母の実家の集まり。それを終えて私は私のアパートへ帰った。もちろん、毎日のように母の病院へは通っていた。三日は毎年実家へ父の友達が大勢集まる。自宅へ人を集めてもてなすのが父の至上の喜びらしく、正月でなくとも機会さえあればそうしてきた。母の都合は二の次にして決めてしまうくせに、母に頼りきって、料理を盛りだくさんに作ってもらうのを期待しているのだ。

さすがに今回は母がいないからやめるのかなと思っていたが、三日はやはり客がたくさん集まったらしい。みんなで料理を持ち寄ったりして父を盛り立ててくれたらしい。

兄の話では、父が一人で酒を飲むときは、「早く手術しろよ、馬鹿野郎」と何度か酔いつぶれていたそうだ。

母は食べ物を全然受け付けなくなった。飲み物もほとんどのどを通らない。それなのに胃液があがってきて嘔吐していた。横になると咳がとまらなくなった。胸水も溜まってきたためだと医者は言っていた。二十四時間栄養剤を点滴していても、母はやせ細り衰弱した。腹水を抜いた後などに短時間元気を取り戻すときがあったが、あとはじっと苦しさに耐え手術の日を待っているだけだった。

私は母の手術に必要なものを整えた。前回の手術に使った浴衣三枚は、隣のベッドにいた赤藤さんに差し上げてしまったので、もう一度買いなおした。あの時母も私も二度と使うはずがないと思っていたのだ。

前回の手術のとき脊髄に入れる麻酔薬が入らず、後でひどく痛んだので、今回必ず入れると麻酔医の長谷部医師が約束してくれた。

手術中から手術後にかけて輸血を要するため、母は輸血に同意するという用紙に署名捺印をした。

†

二度めの手術の日も、私たち家族と父の長兄は、朝早く病院へ集まった。母は前回と同様、明るく手を振ってストレッチャーに乗せられていった。四時間ほど待って、執刀医の東教授に呼ばれ、今度もまた母の体内から取り出したものを見ることになった。卵巣を一個と一緒に取り出した子宮である。卵巣は肥大して子宮より大きかった。これらの臓器を取り出す前に抜き取った腹水は七・五リットルあったという。しかし腹水はまた溜まってくる可能性がある、とも言われた。脊髄からの麻酔薬は今度もなかなか入らず苦心したが、急遽麻酔科の教授を招請して入れてもらったということもこのとき聞かされた。

今後はできるだけ有効と思われる抗癌剤を投与し、六回の抗癌剤投与が終わった段階で様子を見てもう一度開腹手術をし、取り残した癌細胞を取り出すという話を私たちは聞いた。母の状態によっては六回の抗癌剤投与が可能かどうかもわからないと言われた。今手術を終えたところで、また手術が必要と唐突に聞いた私たちにはすぐには理解できなかった。兄がその点を質問しようとすると、東教授は、

「われわれは、君のお母さんを助けようと思って最大限のことをしているんだよ」

と、切り捨てるように言い、「午後の手術があるから」と、話を打ち切った。

私たちは母の手術が無事済んだことを、結果を待っている人たちに電話で知らせた。

母が目覚めたので、私たちは病室に呼ばれた。二人部屋だがひとつのベッドは片付けられていて、母は部屋の中央に置かれたベッドに寝ていた。

「野路さーん、わかりますか野路さーん、手術終わりましたよ、お疲れ様でした」

看護婦に声をかけられて、母はわかるわかるというようにうなずいていた。

母はありとあらゆるものに繋がれていると思われた。両腕からは輸血と薬品の点滴が、口には酸素マスクが、片方の鼻の穴にはホースが入っていた。足もとに下がっている透明の二つのバッグには、傷口から体液を流しているドレインと、尿を流し込んでいる導尿管がつながれていた。さらにベッドの隣には心電図のモニターが置かれ、母の胸部には心電図を記録するための四つのホルダーがつけられていた。

母は痛がってはいなかった。しばらくすると母は話すことができるようになった。

「ああ、おなかがへこんだんだ、腹水取れたんだね」

自分で腹をさすってみながら母は言った。

「腹水七・五リットルもあったんだって」

「そんなに？　一日一リットル抜いたって楽になるわけないよね、でも楽になった。助かったー」

腹水が取れた気持ちよさで、手術後の苦しさなんか問題にならなかったと後で母は言っていた。医師たちはいつまた腹水が溜まってくるかもしれないと言ったこと、抗癌剤の後にもう一度手術があることなどは、しばらく母には話さなかった。

「もう大丈夫だからみんな帰って。少し眠るから」という母の言葉に、少し安心して私以外の家族は病院を辞した。私は面会時間終了の七時まで、母のベッドの傍らにいた。

その晩は一時間おきに血圧を測りに看護婦が来たので、母は少しまどろんだだけだった。

翌日は看護婦が熱い湯を持ってきて、母の体を拭いてくれた。熱いタオルでじっと手を包み込むようにしてもらうと、血液が流れ出すのがわかるような気がした。たくさんの管に取り巻かれている母を、看護婦は上手に着替えさせた。

その晩から母の悪夢が始まった。最初の晩は誰もいない学校の体育館へ悪霊に引きずり込まれる夢だった。母は髪を引っ張られて体育館の中をぐるぐる引き回されていた。悪霊は体育館の天井近くに顔だけの姿で母に見えていた。恐ろしげな灰色の顔だった。母が引き回されながら体育館の出入り口を見ると、大勢の教え子や同僚たちが母を見ていた。「助けて、お願い助けて」手を伸ばして叫ぶのだが、誰も助けようとはしてくれなかった。母はドアにつかまり、自分で体育館から這いずり出た。目が覚めても、あまりにも鮮明な夢だったので、一日中何度も目の奥に蘇ってきた。夜、目を閉じることが怖くなった。目を閉じると親しい人たちの顔が浮かぶ。それがたちまち恐ろしい悪霊の顔に変わっていく。夢を見ているのか、見ないでただ恐れているだけなのか自分でもわからなくなった。

母は私に夢の話をしてから、「お兄ちゃんがアメリカのお土産にくれたインディアンのおまじないの網あったでしょ、あれうちから持ってきてもらって」と頼んだ。兄が去年の夏にラスベガスへ遊びに行ってお土産に買ってきたドリームキャッチャーという鳥の羽のついた小さなネットのことだ。悪い夢を捕まえてしまうというインディアンのまじないグッズを再現して商品化したものだ。私は夢に怯える母を初めて見た。

父がドリームキャッチャーを持ってきて母のベッドに下げた。母は就寝前に睡眠剤をもらうようになり、眠れるようになった。

母の体重は健康だったときより十キロも減っていた。それでも次第に回復していった。栄養剤の点滴ははずされ、自力で病院食を取るように指示された。母の体につけられていた管は一本二本とはずされていき、自由になっていった。小康を得ると、手術前のようにいやなことばかり思い出したりしなくなっていくらしかった。隣のベッドに新たな入院患者が入り、おしゃべりを交わすようになった。

†

二月になり、退院前に一回目の抗癌剤治療が行われることになった。抗癌剤の説明を受け、母は承諾の署名をした。薬はタキソテールとカルボプラチンの二種とのことで、これを月に一度ずつ入院して投与し六回行う。今度は母の前でもその後セカンドルックなる手術を行い、残っている癌細胞を取り出すという説明がなされた。

母には六回の抗癌剤治療が先の長いものに思われた。再度の手術について聞くと少し落ち込んだが、先の話だと思ったようだ。とにかく母はうちへ帰りたかった。

タキソテールとカルボプラチンは副作用は軽い方で、投与は一日あれば終わるので入院も短くて済むと聞かされた。髪が抜けることは避けられないだろうという話だったが、母は了解した。そして実際に一回目の抗癌剤で母はそれほど苦しまずにすんだ。母は当分仕事に戻れる見通しはないと自分で判断し、一年間の休職を申し出た。

†

二月六日火曜日に退院した。本当に長い入院だった。私が前の日から実家に泊まって、父とラウムで迎えに行った。母が入院中から食べたい食べたいと言っていたので、帰りは店でラーメンを食べた。母はゆっくりと半分ほど食べ、「娑婆《しゃば》の食べ物久しぶりだ」と言っていた。

6

ハッピーエンド

†

四月一日日曜日、久しぶりに実家へ帰った。最寄りの駅まで母がラウムで迎えに来てくれた。母はボブスタイルの髪にしゃれた帽子、見たことのないシックなブラウスに細身の白いパンツというでたちだった。母は病気をしてからやせたのでいろいろな洋服が着られるようになった。そのためか、最近はずいぶんと身の回りに気を配っている。

実は母のボブスタイルの髪は鬘《かつら》なのだ。抗癌剤の副作用で母の頭はほとんどスキンヘッドになってしまった。鬘の上から帽子をかぶってぎゅっと押さえつけるようにしないと、鬘を固定することができないので帽子は欠かせない。

私は運転席に乗り込み、母は助手席に移った。駅前広場から道路に出ようとしたら、シビックの若者が道を譲ってくれたので、ハザードをたいてサンキューをした。「かわいいと得だね」と私が言うと、「ええ？　今のお兄さん私のこと見てたのよ」と母が言う。

これから園芸店に行き、母と二人で庭に植える花の苗類を選ぶのだ。

母が仕事をしていた頃は、実家の庭は荒れ放題だった。十数年も私たちと一緒に暮らしたいたずら犬のケンがいた頃は、ケンは庭で走り回るし、父はゴルフのクラブを振っていた。花ずおうや、百日紅《さるすべり》、梅、どうだんツツジなどの樹木は育っていたが、地面は雑草が覆っていた。誰も花を植えようなんて思いつきもしなかった。退院してから母は少しずつ庭を手入れし、花を植えてきた。朝水をやったり、花がらを摘んだり草をむしることが楽しそうだった。

その日私は初めて寄せ植えというやつに挑戦してみようと思った。大きめの木の鉢と、それに植える幾種類かの花を選んだ。それから母と私で花壇に植える花を選び、店の人に聞いて土も買った。

寄せ植えは成功だった。赤いガーベラを中心に、紫のマツムシソウの園芸種と、白くて小さいスイートアリッサムを合わせると、なかなかセンスの良い寄せ植えになった。

花壇に植えるために二人で選んだ花は、白、黄色、紫などの菊科の素朴で地味な花がほとんどだった。実家は、雑木林に隣接しており、実家を訪れる人は、居間の窓から見える景色を見て、「いいねえ、これ全部庭みたいなものじゃない」と言う。私も母も、その景色が頭の中にあるから、選ぶ花も自然に景色と一体になれそうなものを選んでしまうのだ。

実家に隣接する雑木林、それは狭山丘陵の一部であり、都立公園として管理されていた。実家のすぐ裏に桜の若木が二本、今を盛りと満開の花を咲かせている。まさに、居ながらにして花見ができるのが実家の居間だ。

母が、鳥が桜の花びらを食べに来ると言う。四十雀や雀が桜の細い枝に留まり、風に揺れながら花びらをついばむのだと言う。

「前は気がつかなかった。花びらおいしいんだろうね」

私も母と一緒に桜の木を見ていると、小鳥は後から後から飛んできて、桜の花の中に埋もれていった。風が吹いて、花びらがさあっと四方八方に舞い広がると小鳥たちは小枝の揺れに合わせて揺れているのが見えた。確かに花びらをついばんでいる。

「病院じゃ、窓の外を見てたって、雲やカラスぐらいしか見えなかったもの。うちの窓から見てると何を見ても見飽きないから、すぐに一日が終わっちゃう」

実家の居間には中央に小さな暖炉がある。実家は建築設計士の父が設計した家だが、暖炉も父が設計して特注した。この暖炉は冬の寒い日、特に雪の日などには薪を燃やして家中を暖める実用品だ。

父と母が二十年以上前、家を建てるために土地を探していた頃、この土地は北向き、三角形の小さな土地だった。住宅地のはずれの雑木林に面した一画で、雑草が生い茂り売れ残っていた。家を建てるには不向きな場所と誰にも思われ、このあたりの土地の半額の値段だった。父と母はこの土地が気に入り、ここに家を建てた。本当に煙の出る煙突のある家が建っても、この土地は文句を言う人がいなかった。

私もこの場所はよい場所だと思う。四季折々の変化が美しく、高原のようだと訪れる人は言う。しかし良いことばかりではなかった。兄と私にとって、学校が遠かった。小学校の学区域としては一番はずれになる。特に兄の丈之助は、二年生で転校してきたので、それまで学校の隣に住んでいたようなものだったから、遠さはしみじみきつく感じたらしい。雨の日は「遠いよう」と言って、ベッドから出るのをいやがる日もあったらしい。

私と兄はよく靴をはきつぶした。

車がなかったので、どこへ行くのも自転車だった。買い物が大変だった。実家はいくつもの坂を上ったところにあったので、行きは下り坂、重い荷物が乗った帰りは上り坂になるのだった。

父の設計した暖炉は、来客の時活躍した。暖炉で肉のかたまりを焼けるように、これも父が考案した焼き肉用グッズがあり、暖炉の中でぐるぐる肉のかたまりを回して焼いて食べてもらうと、客たちは一様に感動してくれた。

一階は居間と台所、風呂トイレだけで、居間の部分は二階まで吹き抜けになっている。二階は、ベッドと机を入れるのがやっとぐらいの私たちの狭い個室と、両親の和室、これが実家のすべてだった。父の設計する家では決してアルミサッシを使わず、窓はすべて木枠である。実家は腕のいい建具職人によって、窓はがらり戸、網戸、ガラス戸、障子の四重に作られ、築後二十年を数えても建て付けの滑らかさはいつも同じだ。アルミサッシは使えば使うほど老朽化し汚れていくが、木枠の窓は経てきた時間が重厚さを作っていくのだ。実家のほとんどの部分はローコストに抑えるため安い建材で作ってある。巧みな父の設計で、自然と一体となった木の家の雰囲気をかもし出しているのだ。

私は高校を卒業するときこの家を出ようと決心していた。こんなに好きな実家の家だったが、私はここを出なければならないと直感していた。私は、家族は必要だけれど、一緒に暮らさない方がいい家族の場合もあると思う。実際、父とは家を出てからの方が普通に会話ができるようになった。家を出て初めて心の平安が得られ、心が自由になることができたと思う。今もアパート代を仕送りしてもらっている私がこんなことを言うのはわがままに過ぎないと言われればそれまでだが。

父は私が実家にいた頃は私のすることごとく気に入らず、よく母に私の悪口を言っていた。それが原因で夫婦げんかに発展したこともしょっちゅうだった。実家は居間が吹き抜けだったので、居間での話が二階の個室に文字通り筒抜けだった。私はベッドに入って布団をかぶって泣いたこともあったし、「お兄ちゃん、お父さんとお母さんのけんか止めてきて」と泣きながら兄に言ったこともあった。

†

家を出て初めの一年間は、親友の鹿野じゅんと二人で暮らした。じゅんとは、高一で同じクラスになってすぐに親友になった。すごく気が合った。高校は自由な校風で知られるM学園だった。実は父もM学園の出身で父の性格形成にこの学園生活が多大な影響を与えたらしいのだが、そのころの父は私にとって頑固親父でしかなかった。

高三の時、じゅんと私は二人ともA大学に行きたいのだと知った。二人とも高校を卒業したら家を出たいと考えているのも同じだとわかった。二人で協力して一緒に暮らそうと決めた。私たちは十二月のうちに小論文だけの入試で大学合格を決めた。それから私たちはバイトをした。お年玉も全部貯めた。まず、家を出ることについて母に持ちかけてみたらあっさり賛成してくれた。そのころすでに兄も下宿生活を始めていたので生活が苦しくなることはわかっていたが、どうにかなるというのがいつもの母の考え方だった。母は自分も一度は親元を離れて暮らしてみたかったのに、経験しないまま結婚したのだと言っていた。丈之助も未夢も若いうちにやりたいことをできるだけやらせてあげたいと思うよ。

もちろん、難関は父だった。ある日の夕食時、父母と私の三人の時だったが、私は思いきって大学はアパートを借りて、じゅんと二人で暮らしたいと持ちかけた。二人だからアパート代も半分で済むし。

そのときなぜだか父はずいぶん酒に酔っていて、割合早めに「そうか、わかった」と答えてくれた。

ところがこの事を父は全然覚えていなかった。酒が記憶したくないことを消してしまったのである。母が父に、昨日の話だけどと持ち出すと、全然記憶にないばかりかそんなことは大反対だというのである。私はすでにじゅんに報告してしまったし、父がなんと言っても気持ちを変える気はなかった。一週間の後、今度は兄も交えて四人で話し合いを始めた。私は一生懸命父に頼もうと思うほどに、涙が出てきてしまった。

「お父さんが一度はいいって言ったからもうじゅんもすっかりそのつもりになって準備してるのに、今更だめだなんて言えないよ」

「俺は本当に未夢が家を出ていいって言ったのか」

憮然《ぶぜん》とした様子で父が尋ねた。

「ちゃんと言ってたわよ。忘れちゃうなんてひどいんじゃないの」

母が答えている。

「おやじはいいって未夢に言ったよ」

と、兄が答えた。私も母も驚いてしまった。兄はあのときいなかったのだが。

兄が答えたとき父は、覚悟を決めたように、

「そうか、わかった」

と言った。前回と同じせりふだった。それで一件落着した。相談もなしに味方してくれた兄の一言が今考えてもおかしくて、ありがたい。

A大学の近くでじゅんと私はアパートを探した。古い二階建ての民家を見つけた。二階の二DKを私たちが借りられることになった。すきま風が入って歩くとがたがた

揺れる家だったが、私たちは気に入った。明るくて日当たりが良かった。

私はどんどん荷造りした。卒業式の二日後、ウイークデーで、家には誰もいない日に、私は電話帳で調べて赤帽さんを呼んで引っ越した。あのときはとにかく、すべてが完了するまで突き進んだのだ。

引っ越して間もなくじゅんのいない日に、私は熱を出してアパートでひとり寝ていた。母さんがいない、誰も看病してくれない、誰もご飯を作ってくれないと思ったら、あとからあとから涙が出てきた。でも、悲しいと思ったのはそのときだけだ。お金が足りなくていつも貧しかったが、学生時代も卒業してからも、ずっと思い通りに元気に楽しく生きてきた。もちろん落ち込むときもあるけれど、本質的に私は強いんだって思っていられる。

一年後、じゅんの家庭の事情で、じゅんは実家に帰ることになり、私はひとりで別のアパートに引っ越した。それからずっと一人暮らしだ。

世の大学生たちが、リクルートスーツを着て会社訪問をするようになった頃、私は一回だけやってみてやめてしまった。私には会社というところは合いそうもなかった。

文化系の私立A大出身で就職試験に合格するのは難しいということも確かだが、私にはやりたいことがあった。

今二十四歳、フリーカメラマンの私。（最近ではフリーターと間違われることもなくなった）付き合っていたヒロがカメラマンだったので、私もやってみたくなり手を染めたのだが、すっかりのめり込んでしまった。今は、雑誌などの仕事が少しずつ増えてきているが、もちろん甘い世界ではない。

顔もスタイルも自分ながら悪くないと思っているのだが、デパートに入っても店員は滅多に寄ってこない。私がものを買いそうには見えないからだろう。ブランドものには縁がない。この年でも平気でスーパーのイチキュッパ商品を買う。たまにはお嬢様に見られたいなと思うときもあるけど、自分で選んだ人生だからしょうがない。

父は、たまに私の作品をほめてくれることがある。子供の時から、父にほめられた記憶がほとんどなかったので、ほめられるとやっぱり悪い気はしない。私が高い機材をほしがっていると知ると、無理して援助してくれることもある。

父の方でも私を頼りにしていると思う。特に母の入院中はずいぶん頼りにされた。

私は狭くて古いアパートでずっと一人で暮らしてきた。古いマックとカメラの機材を所狭しと置いたアパートは住み心地が良くはないが、もう実家では得ることのできない生活がここにはある。

†

母は月に一度抗癌剤治療のための入院をしながら、家にいるときはこれまでやったことのないことに次々挑戦した。花壇作りもその一つだ。らっきょうを漬けた時は、やり方をインターネットで調べたと言っていた。梅酒や、ブルーベリー酒も作ったらしい。実家で飲むのが楽しみだ、と思っていた矢先、夜中に電話が鳴った。出てみると酔った父の声。母は抗癌剤治療で入院していたときだったから、父は一人で飲んでいたらしい。

「未夢ちゃーん、困っちゃったよ、お父さんねえ、梅酒こぼしちゃって今拭いてるの。もう大変、べとべとで、どうしよう未夢ちゃん」

母の作っていた梅酒をこぼしたらしい。

「ええ？　どうしてそうなったの」

「ガラスの瓶がさあ、古くなってたからさあ、お父さんがちょっとさわっただけで割れちゃったんだよ」

それは大変だ、ガラスの破片と砂糖たっぷりの梅酒を掃除するのは気が遠くなるような作業だろう。

「お父さん危ないから気を付けてしっかり掃除しなさいよ。明日お母さん帰ってくるんだから、ちゃんとしておかなくちゃだめだよ」

「うんわかった」

あきれた泣き言の電話だった。父は結局台所の床から、床下収納庫まで雑巾がけをしたらしい。

次の日は土曜日で兄も休みだったので、父は兄の運転するラウムで母を迎えに行った。間もなく退院した母から電話がかかってきた。

「お父さんは私の梅酒をこぼしちゃっても掃除が大変だったことしか言わないの。そりゃ大変だっただろうけどさ。でも私言ってやったの。あーあ、今年の夏は梅酒を楽しもうと思ってたのにがっかりだなあって」

母はこれで初めの予定だった六回の抗癌剤投与を終えたが、癌は思うように引っ込んではくれなかった。母の体の中で新たなところに広がっている。来月から別の薬での治療に切り替えると言い渡されていた。私たちは二度の手術の後、この病気に完全なハッピーエンドが来ないことはもうわかった。きっと正念場はこれからやってくる。

でも、今をハッピーにすることはできる。ハッピーな日を少しでも多く、少しでも長くと考えることはできる。私はまた、近々実家へ帰ろうと思った。

あとがき

思いもよらなかった病にかかっていることがわかり、私の人生は予定より大分短いものになりそうなのです。

二度の手術を終えた私は、ベッドに為すすべもなく横たわりながら、まだ小説を書いてないよ、書いてないよと、頭の中で繰り返していました。

退院後、小康を得て、抗癌剤治療の合間に書くことにとりかかることができました。

これは、この二年ほどの間に私の周りで起こった出来事から題材を得た物語です。

三十年以上続けた教員生活を、癌の発病のためにストップしたのは、私です。

未夢の視点から書いてみようと思いついてからは、面白いように筆が運びました。学校が舞台になるときは、新子の視点にせざるを得ず、書きながら悩みました。

癌の転移を告げられたときは、もう間に合わないかもしれないと恐れました。とにもかくにも書き上げることができ、嬉しいです。

考えてみると、小説を書きたいという気持ちはいつもあったのですが、生来の怠け者のため、忙しさを理由にしていつも先送りにしてきたのです。この、思いがけない休職期間が、私に書かせてくれたのです。

文芸社より、協力出版という形でこの小説を本にしていただけると聞き、深く感謝しております。ひとりでも多くの方に読んでいただけたら幸福です。

二千一年十月二十二日

亀山　けいこ

Profile ＊著者略歴

亀山 けいこ（かめやま けいこ）

1947年、東京生まれ。千葉県育ち。
1970年より30年間、東京都の小学校教員に従事。
2000年に癌を発病。現在、闘病中。

ハッピーエンド

2002年1月15日　初版第1刷発行

著　者　亀山 けいこ
発行者　瓜谷 綱延
発行所　株式会社 文芸社
〒112-0004　東京都文京区後楽2-23-12
電話　03-3814-1177（代表）
03-3814-2455（営業）
振替　00190-8-728265
印刷所　株式会社 フクイン

ISBN4-8355-3421-2　C0093